主编 凌翔

当代

心是一壶水

孔秋莉 著

文化发展出版社
Cultural Development Press

图书在版编目（CIP）数据

心是一壶水 / 孔秋莉著 . — 北京：文化发展出版社，2020.11
 ISBN 978-7-5142-3235-6

Ⅰ . ①心… Ⅱ . ①孔… Ⅲ . ①散文集－中国－当代 Ⅳ . ① I267

中国版本图书馆 CIP 数据核字（2020）第 203129 号

心是一壶水

孔秋莉 著

责任编辑：	武　赫
出版发行：	文化发展出版社（北京市翠微路 2 号 邮编：100036）
网　　址：	www.wenhuafazhan.com
经　　销：	各地新华书店
印　　刷：	三河市金元印装有限公司
开　　本：	710mm×1000mm　1/16
字　　数：	200 千字
印　　张：	13
印　　次：	2021 年 3 月第 1 版　2021 年 3 月第 1 次印刷
定　　价：	45.00 元
ＩＳＢＮ：	978-7-5142-3235-6

目 录

第一辑　心是一壶水

心是一壶水　002
青春　004
月照黄鹤楼　006
贼喊捉贼　009
看月亮爬上来　012
水墨　014
信仰　016
寂寞如烟　019
文人之魂　023
存在即合理　025
愿为梅上雪　028
古韵微醺　030
回首往事，向来萧瑟　032
幸福是什么　036
时光如轻烟　039
我的写作梦　042
草为什么没有眼睛　045
雨中蝶恋花　048
夕阳西下鸟儿飞　050

恋恋不舍是回忆 053
菜市场见闻 056
桥底洞人 059
文字与生活 061

第二辑　爱是一片天

爱人者，人恒爱之 064
我的妈妈 069
专属于我的两棵辣椒树 073
妈妈插的秧 075
我的阿Q父亲 078
静听清明雨 084
外婆 088
弟弟 091
恩师难忘 095
爬满虫子的栀子花 098
喧闹的红色瀑布 102
蜂蜜香 105
曲终人散 109
雪花中的背影 112
感情，不是感恩 117
循环 121
屋前的桃树 125

丁丁　129
家乡的年味儿　133
童年的收音机　137
你曾在我的生命里　143

第三辑　书是一座山

书缘　152
"隐身"的串门儿　156
人生犹似飞鸿踏雪泥　159
钟情于季羡林散文　164
读海子的诗　168
临水照花人　171
思美人兮　174
再念屈原　178
乡间桃花　180
夜读《向往大海》　183
只有你最好　186
温暖的作者　189
谁和你一起变老　193
"读书好，多读书，读好书"　196
恨不相逢未剃时　199

第一辑　心是一壶水

心是一壶水

心是一壶水，时而清凉清亮，时而混浊苦涩。

心会随着人生的经历时而保持常温，时而热烈，时而微凉，时而冰冷。心像一壶水，随着生命的四季不停地变换着温度。

不同人的心就像世界上不同的地方。有的人就像生活在热带，他的心总是洋溢着热情，生活如同烈火燃烧，艳阳普照；有的人像生活在寒带，他的心终日冰凉，生活如同在千年冰窖，孤冷凄凉；有的人就像生活在温带，他的心总是温暖如春，生活如同细水长流，宁静致远。

我想要我的生活保持着常温，让幸福如涓涓细流，哼着轻快的曲调带我一步一步走向人生曼妙的黄昏。可是生活不可能这样温顺，它总要固执地给我增添各种阻碍，时而冰冻我的心，时而炙烤我的心。曾经有过多少次，我害怕了，退缩了，不敢面对了。但这些有什么用呢？生活还是得继续。因为在我心中还有要感恩的人，还有要完成的梦想，我对生命也还有眷恋，我必须顽强地生活下去，带着我喜欢或不喜欢的心情。

人生中的很多事情就像一场梦。梦里的一切都美好无比，梦醒了、消失了，再回味、再想要，也回不去。没有谁能够做两个完全相似的梦，即使做到了，也不在同一个时间段，不是同一片心境。而且，人不可能随时随地都保持冷静。如果和自己挚爱的人发生了冲突，而彼此都不愿主动，旁人也都只是看客，那么这份难堪会继续持续，就像一壶即将沸腾的水慢慢地变凉……

　　心这壶水，太烫了不行，太冷了也不行。当自己想要靠近别人的时候，太烫了你就无法走近他的身旁与他并肩畅谈；当自己需要他人帮助的时候，太冷了别人就无法给予你足够的温暖。心这壶水，也许得适当地变换温度，面对恶人的时候，可以极热或极冷；面对友人的时候，则需保持常温。

　　现实中，我们总喜欢对最爱自己的人发出烈火，将自己内心清凉的净水灼烧成滚烫的浊水，烫伤那些最爱自己的人。静下来之后，即便意识到自己错了，也非得将心内一壶温水自我冷却成冰水，冷脸对着爱自己的人。而对一些无关紧要的人，总是笑脸相迎，温和相待。患难之时，真情见了分晓，眼里布满了热泪，在说不清的苦涩中，才知这世间冷暖，需要用心感悟，用心调节合适的温度。

　　心是一壶水，若我们能把握好这壶水的温度，就能握住人生的幸福。

青春

  青春犹如一阵温柔的风,我还没有看清她的笑脸,她便悄悄地远去了;青春犹如一场绵绵的细雨,我还没来得及拉拉她的小手,她便匆匆地消失了;青春犹如一抹耀眼的阳光,我还没来得及感受她的光芒,她便默默地躲藏了……

  当青春正好,我们不懂得那就是青春;当青春渐行渐远,我们便开始日夜追寻她留下的踪迹。

  生命中那些曾经经历过的一切都似一场梦,尤其在寂静的黑夜里,只要一闭上眼睛,眼前便会出现一幅玫瑰色的背景,接着,帷幕拉开,过去的一幕幕,便匆匆地上映,五光十色,夺人心魄……

  那年青春,我们一起做过的练习题,或许早已记不清答案。可那时我们渴求知识,日夜奋斗,为自己成功做出一道题而喜悦的心情却是那样地令人回味。现在,每当我看到孩子们坐在教室里皱着眉头冥思苦想地做练习题的时候,我的脸上总会泛起一丝淡淡的笑容。多少年前的我,也是这样,和许多同学一起坐在教室里,一边听老师滔滔不绝地讲着课,一边心里直痒痒地渴求快点长大，渴求快点学会更多更重要的知识……

那些少年时期的读书时光，犹如一壶发酵的酒，香醇浓烈，不饮即醉。那个时候，吃的饭菜无色无香无味，我们每天都会兴奋不已地在放学铃响后向食堂狂奔。食堂里被踩得锃亮的地板上不知道有多少人曾在那儿摔过跤，那些摔跤后的面红耳赤，除了自己，又有几人会记得？

不仅仅是摔跤只有自己知道，那些长着隐形翅膀的岁月里，我们的心中有着多么美丽的梦想，我们又是怎样地为那个遥远的缥缈的梦想默默付出，或许也只有自己能够领会。尤其是在青春已逝的现在，我们才能够渐渐地明白，那时奋斗着的有激情的自己，是多么勇敢，多么可爱。

在农村里长大的我们，带了一股天然的泥土的气息。我们真的就像泥土一样，不管自己在别人眼里是多么地不起眼，我们都会矢志不渝地坚持着自己的理想。我们是那样地倔强，虽然出身低微，但是从来不气馁，从来不放弃。于是，最终我们带着幸福的泪水欣赏到了那一片片曾以为会荒芜的土地上长满了庄稼，结满了果实；有的土地上，甚至盖起了宏伟壮观的高楼大厦……

这就是我们，从年少爱追梦的孩子走到现在，我们的变化很大，每个人都不一样，却都会带着同样的心境怀念曾经一起走过的那些岁月；这就是我们，从无知的亲密伙伴变成如今的天各一方，却都爱偷偷地回味年少时的那些天真烂漫的往事……

青春是多么漫长，长得让我有数不尽的回忆；青春又是那么短暂，短得我还没准备好该怎样去迎接她，就得筹划与她的告别仪式。

青春啊——

今夜，你可否来我梦里，让我再看一看自己当年无畏的傲慢与轻狂？

今夜，你可否进我怀中，让我再摸一摸自己当年错过的温暖与守望？

今夜，你可否入我心头，让我再嗅一嗅自己当年澎湃的热血与梦想？

月照黄鹤楼

　　八月十五的夜晚，皎洁明亮的圆月，像一个晶莹剔透的玉盘悬在夜空中，月光翩跹着、低吟着，洒在金色的长江上。

　　站在长江大桥上，吹着迎面扑来的凉凉的秋风，看着江岸上密集如蚁的人群，望着人群上方如星星一般密密麻麻的孔明灯，惬意极了。江岸旁边的马路，车水马龙、川流不息。在这云淡月圆的夜晚，放眼桥的对面，彩虹一般绚丽多姿的灯光不停地闪烁变幻，有光亮的地方，就是视线能触及的地方，就是塑造美的地方。

　　站在大桥上的大多是游客，其中不乏摄影爱好者。他们早早地来到桥上，找好角度，选好地方，架好相机……待玉兔升起，便全神贯注地拍摄。长江大桥是拍摄月景的极好地方，尤其是八月十五之夜，升起的明月刚好悬挂在黄鹤楼顶时，美得像一幅名画。黄鹤楼上的金黄霓虹灯闪烁着，周围的小山在夜幕的映衬下成了墨黑色，更增添了一丝古韵。圆月在黄鹤楼的顶上孤单地对着地球发出清幽的光亮，天空黑得像一块覆盖着大地的光滑绵软的丝绸，凉凉的晚风一阵一阵地掠过月亮，越过黄鹤楼，拂过游人的脸庞……

摄影的人们有的淡定从容地拍着月亮不同方位的变化；有的时而拍着时而欢快地欣赏着圆月；有的眉目紧锁地抓拍着月亮的每一点细微的变幻……

游人们则是愉快地吹着风、赏着月、说着话、散着步……人生中有这样的惬意，实在是享受。

我站在桥上观察了会儿周围的景物，便将目光转移到黑夜中闪耀着金黄光芒的黄鹤楼上了。想起唐朝诗人崔颢曾站在黄鹤楼上写下了千古绝诗《登黄鹤楼》："昔人已乘黄鹤去，此地空余黄鹤楼。黄鹤一去不复返，白云千载空悠悠。晴川历历汉阳树，芳草萋萋鹦鹉洲。日暮乡关何处是？烟波江上使人愁。"崔颢在几千年前登临黄鹤楼，写下这首脍炙人口的诗，让诗仙李白都不敢再在黄鹤楼前作诗了。想到这儿，我又仰望空中月亮，看月光如流水。今夜的月曾经照过那时的他，可是那时的他再也不会出现在这月色下了。月亮曾经照过多少人，现在又照着多少人？它是否也会感叹着人间的变幻，是否也会有比较、有怀恋？

抛去遐想，我看着黄鹤楼孤单地立在那里，发着迷人的光芒，和天空中皎洁的月亮相映成一道绝美的风景，不是画卷，却感觉比画卷还要美无数倍。玉盘一样清幽的月亮，青松一般屹立的黄鹤楼，让夜色充满了诗意，风变得像流水一样向我扑来，像美酒一般让人痴醉。

不知不觉，月亮已经升到黄鹤楼的前方了，离黄鹤楼越来越远了，离我却越来越近了。巨大的明亮的月亮充盈着我的双眸，诗化了我身上的所有知觉。

长江的水幽幽流淌着，两岸的霓虹尽情地变换着精美的画卷。月亮挂在天上，映在水中，摇曳在黄鹤楼前……

我的心中满是激动和喜悦。虽然我不能用画笔画下这浪漫的月色，也没有专业的摄影技术拍下这美丽的一幕，但是洒在我眉头的月光，永远地成为我心头挥之不去的一抹清影。从映照在我心头的这幅画卷里，我领悟到不管我们是什么身份，不管我们是什么地位，只要有了那赏月的心，体会到了那份闲适，感受到了那份诗意，就是最高贵的赏月人。

我们在任何时候，都应该相信自己是自己人生最好的陪伴者。就算是孤单一人在花好月圆夜，也要学着对影成三人，学着笑看人生风云变幻。

月亮永远都会存在，生命却只有一次。我们有了想要留住月光的美妙的心事，就更该有珍惜生命热爱生活的心态。

月照黄鹤楼，照亮了我的心。

贼喊捉贼

昨日傍晚，我刚上公交车坐下不久，就听到一位穿着一身黑色衣服，体态瘦弱的中年男人不停地喊："司机，开门，我有东西掉了！"

他喊了三遍，声音很急促，整个车的人都听见了，司机却无动于衷。男人喊得越来越急，不停地用手拍打着公交车后门。于是，大家都将目光投向了司机，司机依然像聋子一样无动于衷，既不开车，也不开门。

这时，车上有人大喊："抓小偷！有小偷啊！我的手机被偷了！"

一个大学生模样的男孩大喊道。

车内人群躁动，大家都急忙检查自己的财物是否丢失了。

不一会儿，又有两个人发现自己的东西掉了，大喊道："报警！赶紧报警！车上有小偷，司机别开车！停着等警察来！"

这时，那个站在公交车后门处的男子大喊道："司机，快开门啊！外面那个穿黄色衣服的屌毛就是小偷！我亲眼看到他偷了我的东西！"

另外两个掉了东西的人瞬间有了方向感，也跟着大喊让司机开门，他们要去抓小偷。

车后门那个黑衣中年男子更加笃定了，用手指着公交站牌那里的一个穿黄色衣服的男青年，说："我们赶紧下去抓住他！"

"对！司机赶紧开门吧！"另外两个人大声附和道。

车内人群更加躁动不安了，大家都左顾右盼，坐着的人都站起来了，盯着窗外看。

窗外的公交站牌前，如往常一样，站着许多等车的人。有的坐着在玩手机；有的站着在听歌；有的转悠着在打电话；有的目不转睛地在盯着车来的方向……

黄昏时分的阳光格外柔和，像金子一样洒在大家的脸上，一切看上去是那样温馨、和睦。

人群中，此时最显眼的就是那唯一一个穿黄色衣服的男青年了。

此时，他正戴着耳机悠然地听着音乐，嘴里仿佛还在哼着小曲儿。

突然之间，他面前的公交车门开了！三个男人闪电般冲了下去，一个人霎时间就用手按住了那个黄衣男子的双肩，另一个却抓住了那个从公交车上跑下去的黑衣男子。

这时，只见那个黄衣男子满脸疑惑与无辜，弄清状况后，他对抓住他的人翻了翻衣服口袋，证明自己是无辜的。他黄色的运动服被扒开了，露出里面洁白的棉质衬衣。他还戴副黑色大框眼镜，皮肤白皙细腻，加上他那表情，大概不是小偷吧！

于是，抓他的人很快就放开了他！转身一看，公交车上的那个喊抓贼的黑衣男子此时已经被数十个行人给层层包围了，好几个人扯着他的衣服，不让他走。

他却带着一副宁可死也要逃跑的表情，不停地挣扎着，想要逃跑。

"十几个人拉着他还能跑？"车上的人纷纷议论着，大家都往车窗处靠拢以观看这大快人心的一幕，很多人还拿出了手机，拍起了照片。

这时，不知从哪里突然冒出了个摩的司机，长得圆滚滚肥溜溜的，看上去一副憨厚朴实的样子。他竟然像闪电侠一样逮住了小偷的胳膊，小偷反应特别快，一骨碌就蹿上了摩托车。那两个掉了东西的人拼了命似的扯住了小偷的衣服，摩的司机却越开越快。把那两个丢了东西的小伙子拖了五六米远，便重重地甩开了！

两个小伙子摇头叹气地往回走着，车上的人齐齐地重重地叹了口气，"唉！……"

"我早就料到那个穿黑色衣服的屌毛有问题！一上车就喊东西掉了！果然有问题！"司机终于开了金口，说了一句话。

可好像太晚了点。

"唉，赶紧开车吧！开车吧！"众人纷纷喊道。

于是，伴着夕阳的余晖，公交车又缓缓地启动了。

我再回头看了看窗外，觉得那夕阳下的和煦，仿佛蒙上了一层看不透的纱。

看月亮爬上来

月亮悬在夜幕中，挂在树梢上。

树屹立在夜风中，扎根在厚土中。

月亮玉一样清亮，树墨一样深黑。

月亮像一个圆盘，树像一支长矛。

月亮只有一轮，树有无数棵。

一轮月亮，照亮无数棵树。

无数棵树，仰望一轮明月。

明月在高空看着树随风微微摇摆，树在半空看月亮被群星环绕。

月亮夜夜无眠，夜夜陪着无眠的树。树夜夜不眠，夜夜盼着月亮爬上来。

月亮在树的身上洒满光辉，还是看不清树的颜色。

树向着月亮生长，始终达不到月亮的高度。

月亮悄悄地随着时间挪移着，树呆呆地站在原地看着月亮无声地离开。

当月亮消失在清晨的微亮中，树的颜色就开始出现。

树过完了一个白天，月亮过完了另一个夜晚。

月亮不知道自己是何时诞生的，树清晰地记录着自己的年轮。

月亮爱怜着所有黑夜中的树，所有怕黑的树都爱恋着皎洁的月。

月亮最想见到树光明的真样子，树最想要看月亮温暖的抚摸。

月亮喜欢树，也喜欢树周围的所有。树爱月亮，也爱星星，更爱太阳。

在每个寂静的夜，树给了月亮最亲密的陪伴；月亮给了树最光明的安慰。月离不开树，树也离不开月。

月不是树的恋人，树也不是月的爱人。月是树的密友，树是月的知交。月和树之间没有秘密，树和月只是很亲密。

树最爱看月亮爬上来，月亮最爱树全心等待的样子。

今夜我失眠了，没有人陪我看月亮爬上来。我一个人看月亮，一个人看星星，一个人看树的黑影，一个人让思念蔓延，一个人让这惬意的时光静静流淌。

夜很凉，像是才在水中沐浴过一样，还带着淡淡的香香的味道。

树感觉到了吗？月亮感觉到了吗？树如此安静，月亮如此静谧。

它们也许早就心有灵犀。日日盼着夜幕来，夜夜守着黎明到。

月亮挂在树梢，月光披在树身上，真美，真温馨。

水墨

水，至清至洁；墨，至浓至黑。

当墨遇见水的时候，墨会毫不犹豫地跳进水里，然后舞动着墨黑的身躯，尽情地抒发埋藏已久的心绪，一层一层地解开自己的衣纱，忘我地向流水诉说着自己内心那浓得化不开的情意。

善良的水给予堆满心事的墨一个淡淡的微笑，墨瞬间感觉全身都柔软舒畅了，内心郁积的惆怅也如缕缕轻烟，在随风飘散着。

墨感觉自己解脱了，开心地涌进水里，瞬间就会化为千万缕或深或浅或宽或窄的黑丝带飘舞在清澈柔静的水中央，慢慢地悄悄地氤氲开来，随着水的涟漪悠悠地散发出苍木般浓郁的墨香。

水尽着自己的柔情给予墨最温柔的抚摸，墨在圣洁的水里一层一层地拨开自己的面纱。

水墨无言，彼此融化在对方的心田，倾尽一生的缠绵，勾勒出一幅哀婉的画面。

水问墨害不害怕从今以后就消融在水里再也看不见这世间的风云

变幻。

墨问水担不担心在追寻大海的途中被阳光给吞噬了。

水笑着摇了摇头,若担心被阳光吞没,那她岂不永远活在湖泊的底部,岂不永远领略不了大海的波澜壮阔?

水说,她这辈子最大的愿望就是投进大海的怀抱,哪怕在寻觅大海的途中不幸身亡,她也不在乎。

她愿意等一个轮回,再重新去追随大海,只为看一看大海的样子。

墨听着水深情地诉说着,望着水那多情的眼神,心底的某种向往更加热烈更加坚定了。

墨在水里转了个圈儿,说要给水跳一支最美的舞。

墨不断地转着圈儿舞动着,一缕缕薄烟似的墨在水里划出一道道幽美的痕迹。

墨不停地转着、转着,身上的颜色越来越清淡,他也越来越乏力……

水看着墨渐渐地没有了轮廓,只化为一缕缕轻纱将她缠绕着,内心很是不安。

她呼喊着墨的名字,可是墨已听不见。

浓黑的墨就这样一缕一缕地在水里盘旋着,然后消失不见……

水在淡淡的墨香里,仿佛明白了些什么。

这时,墨香也化为缕缕薄雾,消散在水的生命里了。

水想起墨不顾一切地为自己翩翩起舞,禁不住留下了悲伤的泪水。

信仰

　　无论何时何地何种境况，人都需要信仰。

　　哪怕，最后证实自己曾经的信仰是错的，也要庆幸曾有过信仰。

　　人活一世，如白驹过隙，每个生命在历史的长河中都不过是一瞬间的存在，有的甚至连一瞬间都称不上。

　　浮华也好，低调也罢，都有喜怒哀乐，都有生老病死。都曾幸福过，也都曾不幸过。

　　每个人都希望自己能够一生幸福快乐，可这"希望"二字便暴露了心里的底气，不过是希望而已。多数的希望，都是永远的希望。

　　究竟怎样才能接近幸福呢？我浑浑噩噩地昏睡了好几天，思索了好几天，没有答案，我甚至都怀疑起人生，怀疑起自己的信仰。在某些瞬间，我对我爱的一切都不再爱了，包括文字，我觉得它们全是虚空，没必要去研究、去阅读。我的内心一片空茫，布满了厚厚的浓雾，让我顿时没了方向、没了一切。

　　我在那片无人的旷野里，突然慌了。我不知道我是谁，我来自哪里，要去到哪里。我找不到自己，找不到自己的快乐，也听不到自己的哭泣了。

深深的茫然，如同冰冷的枷锁，束缚了我整个人。

没有了信仰的我，怀疑起信仰的我，有种被一切遗弃的感觉。

我看阳光，只觉得有万丈光芒刺向我，我不敢抬头；我看花朵，只觉得有万千芬芳逃离我，我不敢呼吸；我听雨声，只觉得是苍天的哭泣；我望黑夜，只觉得是无尽的黑暗……

渺小如我，渺茫如我，丢了信仰，便连渺小也称不上，连渺茫也不再能觉察得到。

沉睡了几天的我的灵魂，终究耐不住那虚无缥缈的空虚寂寞，不得不，再次思索自己的信仰。

曾经，觉心比天高；而今，叹命如浮萍。

曾经与现在，都不是我所向往的，也不是我所信仰的。我信仰的是能给我带来力量带来喜悦的奋斗，我经历的是会给我带来压力带来苦涩的付出。

理想与现实的差距，打破了心中的信仰，却击不败心中的信仰。

在如牛毛般细密又寻常的日子里，我一寸一寸地数着光阴，念着光阴里的故事。

在许多个黄昏时，我行走在幽静的小巷里，总会看见些许老人，坐在老房子前的矮凳子上，眯着双眼，抿着嘴，似在享受眼前时光，又似在回忆过往。

那些遍布沟壑的脸庞，我总爱多看几眼，多想几遍。看着他们，我会想起在我记忆中珍藏的人儿。

命运，总爱和人开玩笑，尤其爱和不爱开玩笑的人开玩笑。对此，我总会无奈地笑笑。因为，我觉得，怎样的生活，怎样的命运，都是独一无二的，都是值得去探寻的。

一直以来，总觉得自己的内心是高洁的，也总觉得自己是高尚的。对于自己的信仰，我也觉得是格外神圣的。

大学时，有个山西的好友对我说，我们的父母及祖父母们都喜欢信教。因为日子过得太悲苦，需要相信一些因果报应，才能支撑度日。那时，我听着这些话，心生悲悯。现在想想，自己何尝不是靠着信仰度日呢？

富贵也好，贫贱也罢，都得过日子。过日子，都是充满了琐碎的喜怒哀乐的，谁也无法预料。我们所渴望的那些幸福与快乐，大概就是内心信仰的幸福与快乐。

彼之快乐非此之快乐，我之幸福非你之幸福。各人信仰不同，所追求的幸福便不同。

人与人之间，需要沟通交流，但不需要对比幸福。因为，信仰是独一无二的专属于自己的。

信仰，是我们内心坚守的固执，能在逆境中给我们带来正能量。别人动不得，我们也动不得。

与生俱来的信仰，更是生命的一种习惯，丢不得。

寂寞如烟

午后的阳光,隔着窗都觉得耀眼。

学生在教室埋头写作文,我在教室来回走动着,一会儿看看这个学生的作文题目,一会儿瞄瞄那个学生有没有错别字,目光停留的每个瞬间,都有自己当年的旧影重现。总会情不自禁地拿当年的自己和而今的他们比较,比较之余,不甚唏嘘。当然,不是感慨他们的写作能力低下,更不是感慨现在的他们和当年的我们有多少区别。毕竟,自己是听着自己老师们的感慨长大的,没必要在这个日新月异的时代里去固执地要求他们一定要怎样怎样。在教室循环走动了十来分钟,我就无法再将自己束缚于此了,思绪瞬间飘飞到很远很远的地方,正如学生无法专心将心神定格于一堂自己不感兴趣的课堂上一样,我也情不自禁地走神了。

窗外的阳光,越发显得刺眼,犹如那刺醒将醒未醒梦境的白炽灯光,我只是看了一眼,整个人便飘飘忽忽的。曾有多少次,我在窗子里看着洒进屋内的阳光,不舍得抬头欣赏,却渴望着早日能在温暖的阳光下徜徉。而今,我有许多能在阳光下徜徉的机会,也经常在阳光明媚的日子里四处穿行，心里却没有了当初的那份诗意，也始终找不到那种陶醉的感觉。阳光从不曾变，它永远都是温暖明亮的，但它带给我的感觉，却是每次都不一样。这次，我望着阳光洒在奋笔疾书的学生们的校服上，心里格外地彷徨，甚至有些恐慌。

我忽然觉得，学生都是寂寞的，我也是寂寞的。我们虽然每天都在一起，却只是各自扮演着自己的角色。我明知学生们的心底每天都藏着数不尽的开心事，却不能为他们的童年增添一抹缤纷的色彩，甚至不得不摧残他们的快乐花朵，逼迫他们学着他们不一定感兴趣的知识。是的，我的内心一直觉得，老师多数时候都在逼迫学生学知识。当然，我也希望学生们欣然主动地学习，但是眼见为实，学生们在下课时确实比上课时开心，学生们在听与课文无关的八卦内容显然比听正文讲解有激情得多。所以，我时常很矛盾。我总是希望学生们能把读书当作一种乐趣，总想着他们能在快乐中学习，然而总是事与愿违，自己还时常被他们气得很不开心。我对自己的不开心持鄙视态度，因为我觉得那是作为一名教师某种程度的失败。在我刚出来实习的那年，我甚至被学生气哭过。现在想想那时，觉得自己挺幼稚，也挺无能。正式教书，也不过一年。但是，这一年里，我感觉自己在课堂上倒是得心应手，随心自如得很，自我感觉还是蛮好的，就是还是会在公开课上紧张。不懂为何自己每次讲公开课都会紧张，也因此一直很惆怅。

在我的心底，我总感觉每个人都是独立的，每个人的灵魂都是寂寞的。我们不需要过多地在意他人对自己的看法，也没必要对别人有过多的评判。每个人走在生命的征途上，都是一位不断探索不断前进的英雄。我们今天走过的每一寸地方，都是前一拨人早已踏烂的昨天，也是后一拨人热血向往的明天。在时光的驱赶下，我们永远也追不上前人，也不可能停住脚步等待后一拨人。每个人都有每个人的路要走，每个人都有每个人的信仰和追求。我们各自走在自己的道路上，偶尔有人牵引，偶尔有人同行，但是多数时光，都是自己悄悄地度过的。

每当一个人的时候，每当心情微凉的时候，一种浓郁的寂寞感便会扑面而来。这种寂寞感，只存在一瞬间，犹如刚从鼻孔冒出的浓浓的卷烟圈，围着自己的脸庞打了一个圈，就在眼泪刚要被呛出来的时候，它又悄悄地随着空气飘散了，只留一抹淡淡的余味，惹人不住地回想。

我徜徉在安静的教室里，无声无息地品尝着寂寞的滋味。是的，我在课堂上经常会产生寂寞感，特别是最近我给学生讲鲁迅的时候。这一个单元的课文，都在写鲁迅。出来教书以前，我并不怎么了解鲁迅。可是，在实习的时候，教书格外有激情。为了给学生讲好这些课文，我私下里看了不少鲁迅的作品，在心里对鲁迅有了新的认识。如今，我是第三次给学生们讲鲁迅。越讲，我越觉得寂寞。因为，讲课的时候，我的眼前总会情不自禁地浮现鲁迅在灯光昏暗的小屋子里抽着烟写着文的画面，我甚至会将教室里的某些声响听成了鲁迅的咳嗽声。我承认，我被鲁迅至高无上的精神深深打动了，我也深知，学生们现在还无法理解鲁迅的精神，无法领悟文字带给人的乐趣，所以，我觉得很寂寞、很惆怅。

最让我惆怅的是，当我正在深深地缅怀鲁迅的时候，一个调皮的学生重重地打了一个喷嚏，这个喷嚏打断了我的思绪，我将目光转移到学生身上。只见他打完喷嚏后，还意犹未尽。果然，他又打了一个喷嚏，还将喷嚏的碎末故意喷洒在同桌裸露在空气里的胳膊上。同桌皱起了眉，满脸嫌弃，我也皱起了眉，后悔看到这样一幕。不得不说，这就是理想与现实的差距。理想中，我希望能够和学生们一起追寻缅怀鲁迅；现实中，我只能奢求他们不要扰乱了课堂就行。我知道，学生们永远不懂老师在想什么。而老师，明知学生想什么却总喜欢反其道而行之。老师与小学生的关系，差不多可以用猫和老鼠来形容了。写到这里，我会想起大学里的老师。那些老师，都是知识渊博让我景仰的。不过，我与他们的境界之间隔着千万条沟壑，灵魂也隔着十万八千里的高度。大学时，最爱的就是逃课了。因为不懂得珍惜，不懂得尊重，不懂得把握，所以，我与大学的老师们几乎没有任何交集。而我现在才发现，他们或许是我这辈子能接触到的知识最为渊博的人了。想到这里，我能不后悔吗？可，后悔有用吗？我只能再次陷入寂寞中，只能在这无尽的寂寞里，偷偷地吮吸，那些残存的美好记忆。

　　学生们的作文渐渐地都写完了，教室里空气开始躁动起来，阳光也跟着在校服上变换着身姿，我昏睡的灵魂也清醒过来了。我揉了揉眼睛，呼了一口气，伴随着下课铃声，方才的寂寞被喧嚣驱赶得悄无踪影，如一抹浓烟瞬间消散。

文人之魂

诗文乐曲，涤荡着醉人的气息，如迷人的春日晨风偷偷吻上脸颊。

诗词文章，在不读懂其背景不知其渊源的处境下，于我们不过是一场风花雪月的相逢。我们能品到的，也仅仅是其表面的一点雨露。虽也觉得甘之如饴，可毕竟没能咀尽其精华。

人世繁华与沧桑，向来并存。如人之悲喜，此消彼长。我们无法摆脱自己不喜欢的情绪，也无法拒绝人事变迁。

浩瀚宇宙，渺渺星辰，大而无畏。回望历史，沧海桑田，永远都看不完。

我们看得见的，都是被历史留下的。流芳千古或遗臭万年的，最先被后人知道。被不被知道似乎并不怎么重要，但被知道至少是一种肯定。尤其是诗文，若能一直被世代传颂下去，必然是对文人雅士最佳的褒奖。

行文不似为人，可以随意违背内心，违背初衷。那些言不由衷的想法一旦化为文字，也必定是一眼便被人看穿的文字。

我极其不喜欢他人用"清高"二字形容文人，这显然是一种亵渎。

文人，如莲出淤泥而不染，始终坚守着内心的纯洁与干净，不愿与世俗同流合污。这份干净，不过是文人最基本的操守，算不上清高，而应被称作高洁。在我眼里，真正的文人，内心都是充满爱的，爱花爱草爱尘埃，爱这世间一切入眼的。他们的双眸，似脉脉的秋波，多情又多愁，柔媚至极，坚定无比。一个真正的文人，其文字里必然流淌着其内心的纯洁灵魂。灵魂深处的暗影浮动，是旁人无法琢磨得透彻的。

一篇卓尔不群的佳作，里面必定潜藏着千万种细密的爱或愁，如琴曲余音，别有深意。

读文如读人，写文如写心。能读的文，出自大写的人。能写的文，源于不羁的心。

文风，如初春晨风，吹到不同的地方，荡起不同的回音。同一个主题，不同的人去写，便有不同的味道；同一篇文，不同的人去读，也有不同的见解。

世上无两片相同的叶子，更无两个相同的人。不同的人，过着不同的生活。而且，当今世界，绝大多数人，是脱离文字，不读文章的。

我也是偶尔才会看看前人的文章，读读当年的繁华，忆忆那些有着旷世奇才的文人。

他们已远离尘嚣许多年，他们的文风却依然如春风，只要一吹，便能开出千万朵梨花。

梨花簌簌地飘落在天涯，如一场盛大的旧梦慢慢被黎明取代……

存在即合理

"存在即合理",是我很久很久以前在一本不知名的书上看到的一句话。我深爱着这句话,而且永远地记住了它。

今天下午,跟学生讲丰子恺的散文《手指》,讲完之后,我在黑板上又写了这几个字。

我说,每个生命都有其存在的价值,我们不能看不起任何一个生命,也永远不要高估自己的长处。

那时候,临近放学,我估计听进去的学生没几个。我早已习惯站在三尺讲台上的寂寞,也深谙学生与老师之间存在的千万条沟壑。

老师的苦口婆心学生永远不懂,就像白天不懂夜的黑一样。学生的所有心思老师都懂,却不得不忍痛扼杀一部分。

这世间的许多事情,都是这样。懂得多的人承受的压力就多,活得也就累点。

学生总喜欢抱怨读书累,家长们总会心疼孩子读书辛苦。老师们再苦再累,都鲜有抱怨。一是因为已成年,明白抱怨也没多大用;二是职业要求，要有崇高的师德，不可因烦恼影响工作。

孩子们都渴望早点长大，长大了的人儿却一直在怀念回不去的童年时光。

最近工作挺忙，家庭生活中也添了许多烦恼。我的精神有点吃不消，变得甚是健忘。许多早上记得的事情，到了下午就忘了。

一度很恐慌，又觉得恐慌只会让事情更严重。只得慢慢调节自己的心态，强迫自己早点睡觉，不想恼人的事情。略有好转，记性却还是大不如从前。

也许，是年龄大了，记性差了。

我慢慢习惯这样的自己，习惯眼前的生活。

不求名、不争利，只求没有烦恼来袭，岁月静好。

我不让自己看书，也不看电视剧，不玩手机游戏。工作之余，就是和朋友一起走走、吃吃，然后睡觉。

一度曾希望，余生就这样度过。

也不想再写东西。

我不爱任何在我眼里失去了意义的东西，也不愿做我认为没有意义的事情。

可是，这样一来，我竟觉得，一旦把世事看得太透彻，那就什么事都是无意义的了。如果觉得什么事情都没有意义，那便会觉得整个人生没有意义，脑海就会一片空白，然后恐慌、迷惘。

与其这样，不如引导自己爱上某些有点兴趣的东西。然后，不问名利、不管是非、潜心钻入，独尝其中韵味。

是的，我现在喜欢用"独"了。以前，我是个爱热闹的人，很怕一个人。也许，是生活对我的考验，近年来，我多数时光都是一个人度过。一个人的时光，漫长、幽静，消磨了我不少的棱角，我慢慢爱上这样的时光。

与人打交道少了，说的话就少了，惹的是非也就少了，生活倒是安静了许多。

无人过问我喜忧，我亦不知他人爱恨。

已有许久不曾写这样的小文了，因为觉得它没有多大价值，唯一的价值就是让我消磨一点寂寞时光。

不奢求有人看，也不奢求所谓的共鸣。

只知，人以群分，物以类聚。一群群欢聚的人，是否都同心，我不知。我只知，我开心的时候，看到谁都会高兴。我不开心的时候，看到谁都不想说话。

喜悦，会让人容光焕发；悲伤，会让人憔悴恍惚。

这些，都是我们难以控制的。生活中，有喜也有忧。我们不知一生遇到的是喜多还是忧多，更不知，明天是喜来敲门，还是忧来捣乱。

无论怎样，我只希望，自己能够有一颗从容的心，无论风雨，都能不悲不喜。

也希望，所有爱我的人和我爱的人，都能拥有一颗经得起生活考验的从容的心。只有这样，我们才能好好地过完这一生。

愿为梅上雪

  苍茫的宇宙间，我愿为冬日里的一片雪花，不去繁华的闹市，不去荒凉的山庄，只想去到深山中的某棵梅花树旁，轻轻地寂静地躺在某片安然的梅花瓣上。

  世界大得无边无际，红尘中的烦扰琐事一堆接一堆，那喜那怒那哀那乐，反复无常，让我永远都捉摸不定。我依稀明白，乐久了会生悲，悲久了会生乐。人世间的情仇恩怨不过是纸一般，在纯洁与薄凉之间来回徘徊。当我冷了，纸上或会出现许多温暖面庞，向我散发着温暖；当我心中满是温暖的时候，我的温柔总会被无情地打碎，变成碎纸屑不知该向何处飘飞。

  我总在乐与悲中游离，已渐渐明白，人世间的情绪轮回。这轮回，让我渐渐地感到疲惫。也许，在心情微微染潮的时候，我便该好好地反思反思自己是否兴奋得意过了头。喜悦可与人适当地分享，哀愁可与人适度地倾诉，却都不宜过度。凡事，过了，则不如不及。

  我多羡慕天上纷飞的那朵朵雪花，在苍苍茫茫的天空中飘飞着。在雪花飘落之际，看着它们被恩宠，或被践踏，我的心仿佛又被尘埃环绕。当洁白的雪花被践踏成了暗灰色的冰晶后，它们的生命便已终结，以一种凄凉的方式，永远与那些长眠的生命一起不再醒来，不再理会这世间的所有声息。

在我的心中，有一幅让我向往的画面：在茫茫深山中的某个悬崖上，生长了一棵梅花树，在满世界白雪皑皑的时候，梅花红艳得似要喷出火焰来温暖那些怕冷的无家可归的生命，而红红的梅花上还轻轻沉睡着许多雪花，它们与梅花瓣紧紧相依着。

待雪未化之时，会有某个用心的女子，前往那深山中，攀上那高岩，只为觅得那梅花瓣上的朵朵雪花，采集到精致的小壶中，然后寂静地面露微笑地返回家中，将那壶梅花瓣上采来的雪水埋藏到地底下，以便在日后，给自己喜欢的人，沏一壶纯净天然可口的茶水。温暖的小房子里，茶香弥漫，笑声弥漫。

那个女子，兰心蕙质，善良纯洁；那饮茶之人，乃高洁儒雅之士。

我眼中，人世间最美的事情莫过于此。两个人，无忧无虑，如神仙眷侣。

这是心中的幻想而已，在眼前的世界里，这幅画面早已湮没在历史的画卷中。我已不再奢恋与苛求。只愿在每一个心情低落的时候，我可以在梦中去到那高山中，化为梅花上的一片雪花，听着高山的心跳，闻着梅花的芳香，等着那位美妙的女子来临。

古韵微醺

幽幽古亭宿过多少鸳鸯,凄凄芳草数过多少离殇?

悠悠时光犹如滚滚长江水,寂寂涛涛不留一言半语。

忧郁的古巷中飘着孤寂的旋律,似在思念那带着丁香般羞涩的姑娘。那一地的油纸伞,是否早已在胭脂泪中溶解殆尽?那一幅幅锦绣图、水墨画,是否也早已在诗人的魂中消散?

暗夜来临的时候,我带着我的灵魂来到这萧冷的小巷,触摸一下它的躯体,闻一闻它的味道。当触碰到它琥珀似的泪珠儿的时候,我的眼眶湿润了。我只想张开我的怀抱,给它一个温柔的久久的拥抱。那承载着千万年历史的古巷,那地上沉睡千万年的古石,那墙角的青苔,是你来过的痕迹。你也曾忧伤地从这里经过,带着满腹的愁绪和经纶。

我看不见你的踪影,也感受不到你的气息,却听见了你魂灵的哀泣。你的泣声中喜中带忧,忧中带愁,愁中带超脱。你是谁我不曾知道,我却感觉得到你一直在牵引着我的灵魂,让我在一个又一个茫然的时候,去到你那里,听着古巷西风,听着你的喜与怨。你也曾在这里等候过你的心上人，在这里品尝过人间欢欣，也是在这里看透浮生。

我跟着你的脚步，飞到你的梦中，飞过古巷外，来到一片雾茫茫的世界。突然，你化为了水中的一只小鸟，我惊愕得不知所措。你洒下一抹水帘，漫游其中，水上薄雾蒙蒙，我的心也模糊了，纵身一跃，跌入水中，醒来后，看见了满含着泪的你的脸，也看见了你掩饰不住的伤悲……

你不曾执过我的手，我也不曾吻过你的脸。你的灵魂却将我带到了这里，我的灵魂也跟着你来到了这里。不知你在那小巷徘徊了多久，不知我在梦里寻觅了多久，才让这份牵引来得如此沉默。

碧水滔天，山间氤氲的薄雾似一个个细小的精灵不时地在我精美光亮的羽毛上躺着不肯离去，山的远处传来一曲曲婉转动听的旋律，犹如美酒一般惹人醉。

我看着这清幽的流水、纤纤的柳叶、光溜溜的圆石，还有那水中怡然自乐的游鱼，突然感觉人间最美不过如此，看着身边的一切都淡雅和谐，身轻如高空翩舞的飞燕。

偶尔，我也会怀念那个忧郁的古巷，想着那里是否还会有一些孤独的人儿在徘徊着、踌躇着、抑郁着……

当我漫游在这薄雾连天的妙境之中的时候，突然明白了那个小巷原来并不忧郁，只是当时的我过于忧郁才让它沾上了孤单的气息。

小巷见证着来来往往无数人的心事，它的内心一定早已变得豁达从容，它苍老的面容下一定是带着淡淡的笑容的。

我微微地露出了笑容，心中也有着前所未有的舒畅了。

回首往事，向来萧瑟

小时候，住在村子里。每天早上，都是在公鸡洪亮的打鸣声中醒来。走出家门，扑面而来的是凉爽的清香空气。那空气，有时带着雨后泥土的香味，有时带着应季而开的花香。

农村里的男人们，早起出门后，都喜欢四处走走，左邻右舍间互相串串门，说些嘘寒问暖的客套话；老人们则是边咳嗽边挑着水桶去井边打水或者劈柴、烧水；小孩们要么睡懒觉，要么在大人身边凑热闹，问题极多，也一直有人回应着；妇人们则是忙着洗衣、做饭、打扫卫生……

在朝阳初露光芒时，袅袅的炊烟都已散尽。入耳的，有人们欢快的聊天声，还有鸡鸭鹅狗猫的吵闹声，空中偶尔还会传来一些鸟儿的鸣叫声。

太阳有了温度后，村子里的声音便消失了不少。入眼的，是人们扛着锄头或是提着菜篮走向田野的身影。他们穿着朴素的旧衣服，戴着帽子，步履悠悠。若有同行的，则会一路聊着天、开着玩笑。独自一人时，有的还会哼着小曲儿……

待劳动力都下地后，村子就变得十分安静。鸡鸭鹅都跑进竹林里抓虫子、玩沙去了；狗儿们要么四处闲逛，要么蹲在家门口静候主人归来；猫儿们有的睡大觉，有的去寻伴欢闹了。带小孩的妈妈和奶奶们总是十分忙碌，要么在哄小孩，要么在吼小孩。而小孩子呢，可爱之余，都是一副调皮的模样。

这样的场景，在我眼前循环放映了二十余年，在不知不觉中，已深藏在脑海中。只要轻轻一回首，便能涌出许多生动的画面和熟悉的声音。

在家乡待着的那许多年，我极少出门，也极少与村子里的人沟通交流。那时，心中一直怀着梦想，一直想要去看看远方。总期待着，离开家乡出去闯闯，看遍了世间繁华后，还能荣归故里，说说大话。

也许，只要心中有追求、有渴望，并稍微努力了一把，命运都会大方地将你送到你想去的地方，让你过上你想过的生活。

所以，大学毕业后，我就远离了家乡，来到了遥远的城市。刚来到这座冬天不会下雪的城市里，觉得一切都是那样新鲜，那样美好。在这里，每个人心中都有更深更远的梦想，都在努力，都在奋斗。感觉每个人都像那雨后的春笋，有着极强的爆发力。我慢慢隐藏起自己内心深处的羞怯，也将自己投身进这拥挤的人潮里，拼命地工作，全身心地将自己投入到工作里，几乎达到了忘我的境地。

初入职场，热情很高，用情很深，被伤得也很深。可是，根本没有时间也没有机会可以悲叹、哀怜。在这密密麻麻的人群里，每个人都是那样忙碌。累了、错了、受委屈了都只能独自吞咽。作为一个平凡的人，生活在大城市里，真如汪洋大海中的一叶小舟，翻了，也没人会在意。以前，很厌恶反感农村里的人在背后嚼人舌根、论人长短。而今，才发觉，那是一种淳朴。因为，他们有什么说什么，不藏着掖着，也没有在私下捅刀子。只是过过嘴瘾，打发一下时间罢了。而且，一旦有了困难，这些人都是会鼎力相助的。在外面，不出名的、没地位的，背后几乎没人会提起你。一不小心能为他人带来些许价值或帮助了，就会被热情的微笑和甜蜜的话语捧起；若是不小心触犯他人利益了，要么被臭骂一通，要么被明嘲暗讽一阵……人与人之间，缺少了一种信任与温暖。心与心之间，多了许多隔膜与猜测。

这样的日子过久了，脑海里只剩忙碌与疲惫。放假了，便极为渴望清静，渴望独处，渴望与大自然亲近。

偶尔，与家里人通通电话，问问近况，又会生出许多牵挂。

随着年岁流逝，家里那些年迈的至亲越发苍老。最怕听到他们生病的消息，最希望他们的身体每天都如我印象中那般硬朗，最渴望他们每天都能开心欢笑。

然而，岁月不饶人，我的脸上都已被岁月刻上了皱纹，家里的老人更不用说。每回老家一次，心就会痛一次。家里老人那蜡黄的皮肤上布满道道沟壑，道道沟壑上面爬满颗颗斑点，他们的眼珠变得混浊了，笑容都变得僵硬了，连那些他们说了几十年的关切话语，都显得有些生硬了……

凝望着他们老去的身影，我不忍承认，这就是我从前渴望的长大后的生活。

而今，我远离故土，难得回去一次。夜深人静时，孤独寂寞时，生病难过时，都会深深地思念家乡，思念家乡的一切。就连家乡的一些猫狗，都时常浮现在我的脑海里。

可是，离开家乡容易回去难。很多事情，都与我们的想象是不同的。不仅仅是理想与现实存在差异，我觉得一切想象的都与现实有差异。爱情、友情、亲情，皆如此。思乡情，更是如此。小时候，我是那样渴望离开家乡，渴望看看外面的世界。然而，看了外面的世界后，我却发现最美的地方永远是家乡。

城市的高楼再美，生活再方便，都不是我的故乡。我时常望着我眼前的高楼大厦，想念我的家乡。我想，无论此刻外面的夜晚多么热闹，家里的人都已安然入睡……

　　作为一个在外面经常失眠的人，怎能不思念家乡呢？思念家乡又能如何呢？凡事有失必有得，有得必有失。远离家乡的人不止我一个，我也只能时常安慰安慰自己罢了。

　　思乡与离乡，大概也是生活对我们的一种锻炼与考验吧。

幸福是什么

没有读书前，最羡慕那些背着书包去学校的快乐背影。

读小学时，我最开心的事是外公给我买了一个粉红色的文具盒。那个文具盒是我记忆中的第一份礼物，显得格外珍贵。那个文具盒大概是我读书时期最好的一个文具了，陪着我度过了整个儿童时期。现在想想，觉得有点辛酸。可在那时，只要看到那个文具盒，我就觉得我的人生一片光明，到处种满了幸福的花。

读中学时，最爱的事是在闲暇之余有课外书可以看。那几年，没有钱买书，脸皮又薄，不敢主动找人借东西。幸运的是，那段时光，有个家庭条件优越的同学也爱看书，更爱主动将书放进我的抽屉里。那个同学，在初中毕业以后便再无联系。那段时光，也被遗忘许久，直至敲下这段文字时才忽然冒出来。我也不清楚怎么会突然冒出一段美好的回忆，不过，这段回忆，既然出现了，那就从此珍藏吧。

许多亲人都说我是一个幸福的人，出生在贫苦的人家过的却是富人般的生活。每次听到这样的话，我都笑而不语。在他们眼里，或许我真的是挺幸福的。我眼里的他们，则都是至纯至善的，我不与他们谈论我的幸福观，在他们面前，我总是一副幸福快乐的模样。爱我的人不多，在爱我的人面前，我装也要装出幸福的模样，一是为了不让他们担心我，二是为了让他们相信这世间有幸福存在。一直以来，我都觉得，羡慕别人幸福的人，内心总藏着一些不幸福。我们看到的他人的幸福多数只是自己内心的一种想象，甚至是期望。我们羡慕哪个人，大概就是羡慕那个人的生活。其实，欲望永无止境，人很难知足的。我们即使过上了自己曾经期望的生活，又还会有别样的生活让我们艳羡的。

你看，小时候的我们，曾羡慕过别人的新衣服、新玩具，甚至羡慕过别人的好成绩。可长大后呢，我们还会羡慕那些吗？当然不会，因为我们有了新的"向往"和"追求"。车子、房子、票子、身份、地位……让我们眼花缭乱，应接不暇。有了这一切，我们真的觉得幸福吗？也不一定吧。在我看来，不管是谁，心底最美的多半是与物质不相干的。金钱与名利固然重要，可是人与人之间的纯洁情感显得更加美妙。

初中时代，是我人生过得最清苦的时候，却也是内心觉得最充盈的时候。那时，我们每周只放半下午假。那半下午，除了回家洗澡洗头洗衣服吃饭写作业，我还会挤出一些时间看杂志。那挤出来的一点时光，我特别珍惜。翻开书，就能沉进去。

后来，到了高中，由于自身的放松，潜意识地放松了学业，也不再那么热衷于看书了。那时，读的文科，班级里多半是女生。

十七八岁的女孩，个个青春洋溢，情窦初开。我虽与她们交往不多，却也时常听到她们爱情种子萌芽时内心的喜悦心跳声。那年，无意间听到一个女同学说，再熬段日子进大学就好了，大学里，就可以自由谈恋爱了。那个女同学笑得格外灿烂，听她说这句话的人有的也跟着大笑起来，有的则拿起笔慌乱地掩盖着自己的心事。

当时，我的心也如柳梢抚弄春水，荡起了圈圈涟漪。那些日子，特别渴望爱情。总觉得，爱情是这世界上最美妙的东西，有了爱情，才会有幸福。

不承想，到如今，大学毕业好几年，仍不知何为爱情。与当年不同的是，内心不再有那么多躁动，对爱情也没有那么深的渴望了。然而，在内心深处，却一直在揣摩着爱情。

不知为何，我竟没有目睹过我能称之为爱情的爱情。随着年岁的增长，我们那一拨同窗都已经到了结婚的年纪。每次过年过节，到处都弥漫着婚礼的甜蜜气息，到处都洋溢着欢声笑语。每当我置身在那些热闹中时，我总会觉得寂寞，觉得恍惚。因为，我还没有弄清楚爱情是什么，我更没有弄清楚婚姻是什么。

小时候，觉得结婚是件神圣的事情。长大了，却觉得婚姻如吃饭睡觉一样，是人生的一个必经过程。不管有没有爱情，该结婚的时候我们都会结婚。到了该生孩子的时候，又都会生孩子。这就像我们该读书的时候读书，该睡觉的时候睡觉一样。

至于开不开心，幸不幸福，多半取决于自己的内心。内心将这一切看淡看开了，那我们自然是幸福的；如若看不开，一直揪着心中解不开的结不放，那自然会觉得难受。

你想做一个快乐的人，还是一个不快乐的人，完全取决于自己的内心。

真是这样的。

上次我在闺密面前感叹时间走得太快了，我们竟然快奔三了。

闺密却极力反驳我的话，她说哪有，我们明明刚过二十好不好，而且我们看着还和十七八岁没差别呢。

我的这位朋友性格是极为开朗的。她是笑着说这句话的，我也跟着笑了。

笑完后，我觉得我好像变年轻了好多岁。

原来，老不老，也取决于自己的内心。

时光如轻烟

静静地，又一年接近尾声；轻轻地，又一岁远离人生。在寂静与轻悄中，时光一点一滴地流走着，不带走一丝呼吸，不留下一片云影。连回忆，也愈来愈模糊，愈来愈清浅，要在夜深人静或独处光阴中，才会蓦然想起。

在悠悠岁月里，我们咀嚼着成长的点点滴滴，其间的些许温馨、些许甜蜜、些许苦涩、些许无奈，如一缕缕轻烟，在心头堆积、萦绕、盘旋，让人陷入白茫茫的突兀中，忽而又了无踪迹。生命中的所有情感、所有体会、所有领悟，大抵如轻烟，无论当初有多浓烈、多深刻，最终都会悄悄消失，如一场突如其来让人生不如死的疾病，在光阴中慢慢愈合一般。病来的时候，连呼吸都疼痛，连活着都觉得是煎熬；当病魔远走之后，身体恢复正常，那疾病的折磨滋味瞬间被忘却。直到下一次生病，才会忆起。甜蜜温馨亦如此，总在失去时才能真切地领悟其美妙。因而，我时常觉得人是非常矛盾的生物，永远不懂得知足，永远在羡慕着远方。

游荡在岁月的长河中，逐渐熟悉了两岸的花草姿色，逐渐知道了河流前行的方向，逐渐看透了河底形形色色的物体，然后徒增一地的烦恼与迷茫。很多事情，不要知道得太多，不要了解得太透彻，就像很多美景，只适合远观，不适合近看；就像很多人，只可浅交，不可掏心。人生一世，极为短暂，也极为孤独。很多人活了一辈子，都不知道为什么而活。终日在空虚与迷茫中，如行尸走肉，仓皇度日。当然，没有人愿意这样，没有人不渴望自己的人生有价值。然而，隐形的命运安排，有时着实让人无力扭转。

　　尤其是为人师表后，我相信命运存在。因为我看到不同的小孩，出生在不同的家庭，被不同的父母用不同的方式灌输着不同的思想，他们从小就产生了巨大的差别，这些差别，将会影响他们的一生。从某种程度上说，父母决定了孩子一半的命运。所以，人性本善本恶之说，与父母也有直接的关系。我很欣赏那些教子有方的家长，他们的孩子在他们的教育下，不仅健康快乐地成长着，还慢慢滋养了一颗充满阳光与正能量的心。这些孩子无疑是幸福的，在同样的光阴里，他们的生命中多了一些纯真的爱。我也见过一些忽略孩子成长的家长，尽管很为他们的孩子担忧，可也无能为力，因为自身的某些局限性，并无说话的权利，也因为自己并未领悟透彻其间的深意，不便多说。

　　记得大学刚毕业的时候，自信满满以为所有孩子都是可以教好的。可一段时间后，就慢慢领悟了人与人之间为何有差异，也懂得了人与人之间必然会有不同。福兮祸兮，此消彼长。有人笑，就有人哭；有人享受，就必然有人要付出。我们会成为哪种人，我们能成为哪种人，一半是与生俱来的命运安排，一半是自身的觉悟所致。

　　终日待在校园里，终日和一群青春洋溢的孩子打交道，自己会被他们渲染，会变得越来越年轻。翻着以前自己读过的那些课本，一字一句地品着那些曾让我着迷激励过我的话语，竟有一种沧海桑田、物是人非的错觉。那些华丽的辞藻，那些振奋人心的言辞，依然能打动我的心。

我摸着那些我曾挚爱过的文字，它们在纸张上依旧那么绚丽夺目，依然能在我的脑海里卷起美丽的浪花。

冬天依然很冷，我依然很多时候都是一个人，静悄悄地，无声无息地，胡思乱想着，胡乱翻着书。看多了，手依然很冷，有时候完全没有温度，终于懂得了歇息一下，懂得自己搓搓手，给自己哈哈气。以前看书手冷的时候，我是不会这样做的。那时候总觉得，这行为不雅，总认为看书能给自己带来热度，觉得冷是因为没有进入书中的世界。现在虽然也这样认为，可是也懂得很多东西都是强求不来的，虽谈不上要求自己逆来顺受，却也不得不警示自己要认清现实，安稳踏实生活。

这些细微的心理活动，都是成长的过程，也是自己在慢慢变老的印证。当然，我希望自己能够不断地成长，却不希望自己过快地老去。我总觉得，自己还很年轻。潜意识里，我从未觉得自己老，也从未担心自己的生活会失去光芒与色彩。

然而，这一学期开学后，学校来了许多朝气蓬勃的新老师，比我小四五岁。看他们的容颜，看他们的笑脸，看他们的走路姿势，看他们说话的气势，我顿时觉得自己是有些老了。每一代人都有每一代人的特征，每个人每一年都会产生各种心理变化。我看着比我小四五岁的年轻的他们，感觉自己的青春确实不在了。因为，我身上已无法散发出那种青春洋溢的气息，喜怒哀乐的表现形式都已与他们迥异，这就是成长。有时候，觉得成长是件美妙的事情，可以让自己少走很多弯路。可有时候，觉得成长是件不幸的事，懂得过多反而会失去追寻的喜悦。

岁月忽而即逝，辗转流连，人生不过几十年。这几十年，我们度过了多少时光，见过了多少人，做过了多少事？我们又记得多少时光，多少人，多少事呢？忙碌的人没有时间去思考生命的意义，闲散的人没有心情去理会生命的价值。生命的意义与价值也是无法探寻清楚的深奥问题，只经得起偶尔的思索与审视。

时光不住地流淌着，如袅袅炊烟，慢慢升起，又慢慢幻灭。

我的写作梦

不知从何时起，我的心中诞生了一个写作梦。

读小学的时候，我喜欢在本子上写故事，写自己的想法。那时候，学业还不算忙，我有很多时间。有一次，我偷偷地写了一篇我认为是小剧本的东西，写完后内心充满喜悦。被爸爸发现后，他要看，我执意不让，在争执中，我直接将我写的扔进土灶中烧毁了。看着自己辛辛苦苦写了那么久的东西付诸火海，我竟然还觉得很痛快。或许，潜意识中我清楚我还年幼，写出的东西必定是稚嫩的见不得人的，它只是我人生中的一个小小的经历而已。现在忽然想起，我竟有些佩服当时的我自己。此事，是我与文字相关的最初记忆。

上了初中，我们学校把学习抓得像圣旨一样牢。那些日子，真的很累很苦。那时，我们都很听话，把老师当作神仙一样景仰膜拜。确实，正是因为那些老师兢兢业业的无私付出，我和我的许多同学朋友才有了一个体面或者像样的现在。如若没有当年那些老师的栽培，如果没有他们对我们烈火一般的炙烤，我们怎会懂得珍惜时间，拼命学习呢？出生在偏僻落后的农村里，我们最好的出路确实是认真读书，考个好大学。那时，我们的父母几乎都是朴实的种地者，他们格外地关心我们的学习，却因为自己知识的匮乏，无法帮助辅导我们。他们很淳朴，也很落后，不懂得与老师沟通交流，也不敢向老师提出什么自己的想法。他们每次对我们学习的了解，无非就是每个月的月考成绩。当我们考取了好的成绩，他们甚至比我们还开心。当我们没有考出理想的分数，他们便会不停地给我们鼓励，而不是责备老师，怪老师管教不严。就算是高考过后，我们的分数不如意，我们那些淳朴的父母亲人也只会相信这些都是命运的安排，而不会对老师评头论足。从小到大，老师在我心中都是神圣的，我一直都很敬重我的每个老师。

　　我的外公教了一辈子的书，但我对他始终不够了解。因为他在我面前总是一脸沉默，很少与我说话。他大概是最在意我学习成绩的人，或许因为他是一名教师，他比谁都更加清楚学习成绩对于一个农村贫困家庭出身的小孩的重要性吧。所以，他问我最多的就是分数。最后一次问，就是高考分数了。很遗憾，我让他失望了，而且是非常失望。自那以后，我跟他的交流就更少了。因为，我再也没有什么重要的考试了，他也就没有什么话要对我说了。他确实是我见过的把读书看得最重要的人，不过我理解他这种想法与观点，但我也有些害怕这种固执的想法。他总觉得读书是唯一的出路，而我并不完全认同。我总觉得，人是需要有理想的，需要为理想而奋斗，但是这理想不仅仅就是上好大学。

　　读初中的时候，我疯狂地迷恋上了写小说，只要一放假，我就会马上写完作业，写完作业后，我就开始写我脑海中构思好的那些话语。因为那时父母都远在广东打工，我算是留守儿童，奶奶去世得早，只有爷爷带我和弟弟。外婆总觉得男老头带女孩子不方便，所以每次放超过一天的假，外婆就会让外公接我去她家。有一次，吃完外婆做的晚餐，我就拿出自己的小本子，马不停蹄地写着自己心中的故事。外公见了，脸上露出一丝忧虑的神色，他说："自古写文容易招惹不必要的麻烦。"他说的我懂，可我不能完全理解。他虽然反对我写文，但是他每天有空不都是在看书看报吗？如果每个人都有他这样的想法，都不写，那这世上哪有文章可供人消遣呢？我心里很抗议，但我没有说话。我只是继续埋头，坐在那泛黑的古木桌上奋笔疾书。夏天的天气很热，蚊子很多，我都无暇顾及。有一次，我写到一半，发现脚边放了一圈蚊香，身后多了一台小风扇，眼泪不禁在眼中开花了。我很迷茫，我不知道到底该怎么做。我既不想违背外公的心意，又不想违背自己的心意。幸好，他没有过多地管我。他对我疯狂地迷恋写作睁只眼闭只眼没有多说，我也就不再多想了，继续坚持我的主见。

　　到今天，我承认我确实错了。人生，说短暂很短暂，一辈子过得很快。人生，说漫长也漫长，一生可以做许多事。什么年龄就该做什么事，身处什么处境就该履行什么职责。我不该把读书的那短暂的几年用来找寻梦想，因为我身上肩负的，最主要的是父母的希望。他们含辛茹苦一辈子，不过是想为我换来一个光明的未来。我一旦没有在社会中混得安稳，他们也必定过得更加愁苦。我很后悔，年少时那么无知，那么偏执。

　　而今，我是一名语文教师，我觉得这个职业挺神圣的，我也很热爱。去年，我教的一个学生，他是语文课代表，语文成绩很好，数学和英语却连及格线都达不到。不知他是因为内心愁闷觉得自己学习没救了想要逃避，还是真的喜欢文字，他不管什么课，都在那里写他构思的"玄幻"小说，我看他密密麻麻地写了好几十页，心里很替他着急，因为他的各科成绩都呈直线下滑趋势。我实在忍不住了，就对他说他这样的行为不好。我说，以后的人生路很长，现在要努力学习，等读完了书，会有大把的时间让你来写。读书时的时光比黄金还贵，你一定要好好珍惜。我说了很多，他却没有听进去，每天照样写。一如当年，我外公说我，我没听。或许，许多事情确实是自己的选择，别人无法改变吧。

　　我自己的自由时间，不也都用来写作了吗？谁能阻止我的写作梦呢？

草为什么没有眼睛

上午十点多，阳光都闯到床上来了，小外甥还赖在床上不起来。这时，屋外响起了割草机割草的嘈杂声。于是，我骗小外甥说外面在割草，草堆里有很多小兔子会冒出来。他特别喜欢小兔子，一听我这话，马上就爬起来了。

待他穿好衣物，洗漱完毕后，我就拉着他走到了室外。此时，小区里的葱葱郁郁的尖尖的硬硬的生命力极其旺盛的草儿都被割草机给割掉并绞碎了，只剩下短短的不足一厘米的根须可怜兮兮地立在土地上。割草的工人此时正在用木耙子将绞碎的草屑往草坪边缘耙。放眼望去，昨日还一片片苍绿的草坪瞬间像从春天来到了秋末，那些被机械绞成碎末的绿草，此时都已经变成一堆枯黄。那片片苍黄的草坪，也像一位位突然得了急病的人，头发由茂盛变得光秃。

这时，小外甥突然问，为什么要把这些小草割掉呢？

割草的工人说，是为了让它们重新生长，长得更整齐更美丽呀！

听了这话，我又望了望小区里其余的那些花草树木，果然棵棵都是等行等距，连高矮形状都是大同小异的。这样整齐划一的美，固然会让人产生一些美感，可多少也失去了一些天然的不羁之美。小区路边的大树整齐划一我能接受，那样一排排齐刷刷站立的大树，就像小学生课本里常比喻的，像一位位昂首挺胸的战士。可是，草坪里的草也要被整得一样高，一样齐，一样绿，就让我觉得有点匪夷所思了。毕竟，草的生命力是极其旺盛的，每一块草坪所遇见的阳光与水滴不可能完全一样，加上土壤肥沃度的不一样，这些草的长势自然会有不同。可惜的是，这些拼命从春天的小草芽长成而今苍劲有力的尖草，逃不过机械的倾轧，躲不过命运的安排。昨夜，它们还在月明星稀鸟叫蝉鸣的美好时光里左右摇曳着，挨挨挤挤着；今晨，就被这样一绞殆尽，成为一堆堆枯死的碎末。

我忽然觉得，生命是那样顽强，又是那样脆弱。一株株细细的小草，能钻出结实的地面，扛过狂风暴雨，顶过烈日炙烤，勇敢地活成最骄傲的样子，是多么顽强。可是，一朝割草机来了，它们却在一瞬间沦为草屑，又是多么脆弱。这难道就是所谓的命运吗？

此时，小外甥在光秃秃的草坪上跑来跑去地找小兔子。找了很久，都没有找到一只小兔子。他一脸茫然地望着我，问我怎么没有看到小兔子呢？

我说，这些草都死了，小兔子都跑了呀。

他又问，草怎么会死呢？它又没有生命。

我说，草是有生命的呀，你看它们被割草机割了之后，就从绿的变成黄的了，草变成黄的了就是死了呀。

他说，可是，草为什么没有眼睛呢？生命不都是有眼睛的吗？

我想了想，就说，有生命的动物才是有眼睛的，植物就没有眼睛啦。

他说，那青菜是不是也有生命呀？

我说，有啊。

这时，我们走到了几块大石头旁边。他又问我，石头有没有生命？

我说，石头是没有生命的。

他就笑了，说石头那么大，那么硬，又没有妈妈，那就是没有生命的了。

小孩子心中的想法太多，我有些招架不住。马上转换了话题，让他去爬石头玩。我则坐在一边，欣赏着小区的美景，吹着风。

映入眼帘的一棵我不知道名字的大树，大树上开满了淡紫色的花，零零星星地绽放在茂密的绿叶的怀抱里，看着格外温馨。这棵树的旁边，矗立着有着一样树叶却开着黄色花的大树，黄绿相间，在蓝天白云的依托下也是格外美丽。最让我欢喜的是，我身后的那棵开满粉色花朵的大树，真是美极了。我吹着清凉的夏风，美美地欣赏着眼前的美景，想着这一切都是生命努力生长的杰作，心里就充满了敬畏感与神圣感。

这些花草树木，没有眼睛，没有嘴巴，没有鼻子，也没有耳朵，却和我们一样，有着生命。它们和我们一样共同生活在这片土地上，共沐阳光风雨，同享蓝天白云，还毫无保留地将自己的一切奉献给我们。供我们欣赏美景，让我们遮阴乘凉。这些无声的生命，是多么无私啊！

我静静地徜徉在这美好的时光里，仿佛自己也变成了一棵开满花的树，矗立在这美丽的小区里，笑容恬淡地欣赏着眼前的一切。

我想，无论人对这些花草树木做了些什么，它们都还是一样地甘于为我们奉献自己仅有的一切。而我们人呢，却总是在需要它们的时候就肆无忌惮地索取，在不喜欢它们的时候就随意地扼杀，只为了贪图自己一时的享受，从不顾及这些小生命的感受。

如果我是花草树木的一员，我希望能够生在深山幽谷之中。

雨中蝶恋花

天空下着不大不小的雨，一点一滴的雨随着风儿飘舞着，像一串串透明的水晶帘哗哗地从空而降，溅起的圈圈迷雾犹如一层层梦幻的薄纱，朦胧了眼前的世界，也温馨了眼前的世界。

我独自一人，撑着一把伞，在雨中漫步着。

迎面而来的阵阵凉风与我轻轻握住的伞周旋着，我的伞竭尽全力地护着自己的主人，不想让风雨沾湿她。可是，它有心无力，风太猛烈，雨也倾斜，所以我的身上还是沾了不少冷雨。凉凉的雨附在我的身上，在风的吹拂下，感觉倒也不错，感受到了风和雨的相依相随，永不分离。

哪里有雨，哪里就有风的追逐；有风的地方，雨却不一定出现。所以，没有雨的时候，风是孤单的，就像现在独自行走的我。不过，独自行走的我能够欣赏到风和雨的甜蜜嬉闹，也真是一种幸福。

看着雨不断地往我的伞下躲来，看着风不停地在雨身后追逐，我轻轻地笑了。这画面多美好，大大的世界，小小的雨，小小的我，一起度过这美妙的时光。

走着，走着，突然看见一片花海。

一大片像草原一样宽阔的翠绿的草坪上，静静地轻睡着许许多多的粉红的花骨朵儿，也许是因为下雨了，这些美丽的花儿才闭上了眼睛，静静地睡着了吧。

可是，在这些花骨朵儿的上方，我看见了好几只四处躲闪的蝴蝶。它们在雨水的拍打下，四处躲闪着，却始终没有离开那片花丛。越来越多的雨落在了它们的翅膀上，它们飞得越来越低，飞得也越来越慌乱，越来越狼狈……

我看着那几只在雨里迷失方向胡乱低飞的蝴蝶，感觉它们好无助。在那花海附近，是有大树可以让它们躲藏的。可是，我却看见，只要雨稍微偏移一点点，没有落在它们的翅膀上的时候，它们就会回头向那花骨朵儿的方向飞去……

蝴蝶恋花，曾是一个美丽的故事，此刻，是一个感人的故事。这样的痴恋，这样的毫无畏惧，让我的心深深地被震撼了。

几滴雨水飞到了我的脸上，那么冰凉。可是，我不在乎。我只是看着那几只在雨中飞得越来越低的蝴蝶，在雨中挣扎着、斗争着……

停留了一会儿，我便要继续前行了。

我偶尔会回头，看看那些蝴蝶。

我不清楚，那些蝴蝶是否能躲过这场大雨的浩劫。

我相信，有这样伟大的爱的支撑，它们一定会好好地活下来的。也许，它们会感冒，但是，它们一定还会在阳光下翩翩飞舞，飞向它们心爱的花儿旁边的。

我仿佛看到了灿烂的阳光正在微微地笑着，我仿佛闻到了花儿散发出的甜蜜的香味，我仿佛听到了蝴蝶欢乐的扑翅声……

风追着雨，雨赶着蝶，蝶恋着花，花等着阳光……

这个世界，好美。

夕阳西下鸟儿飞

此刻,刚从自家菜园里摘了一篮红菜苔。暖暖的春风扑面而来,送来了阳光的香味。

一群群麻雀在我头顶的这片天空中飞来飞去,穿过矮矮的月季花丛,越过黑黑的土砖瓦房顶,掠过突兀在空中的几条电线,然后盘旋着远去。

叽叽喳喳的声音随着那一群远去的背影,渐渐地远去着。

然而,当那些背影渐渐地模糊成一个个小圆点,就快要消失时,它们又掉转了方向,圆点又一点一点地变大,变清晰。如此往复,似无尽头。

在空中欢乐戏耍的,除了麻雀,还有比它们个子大很多,声音粗很多的乌鸦。只是,它们的叫声比麻雀稀疏,它们在空中穿梭的频率也比麻雀低。

我望着这成群结队的鸟儿,想着我小时候在家乡也没见过这么多鸟儿。因为那时,农村里住着很多人,男孩子们都喜欢捕捉鸟雀,所以那时候鸟儿很少。而今,人们都常年聚集在城市里,农村里人烟稀少,自然就成了"鸟的天堂"了。那偶尔入眼的黑压压的一片,真像巴金所写的"到处都是鸟声，到处都是鸟影"……

天渐渐地暗了，风渐渐地寒了，我的心渐渐地静了。

我继续坐在小木板凳上，回味着我的童年时光。

最让我怀念的，留给我记忆最多的就是那些住在外婆家的漫长的暑假时光。那时，没有手机，也没有电脑，我每天早上起来吃完饭后，就和表妹一起跟着外公去他们村的小河边洗衣服。衣服主要是外公一个人洗，我和表妹就在那里玩水。那条小河在一望无际的田野中间，小河上没有小桥，只有人们为了洗衣服和过河而搭的几块大石板。

有一次，我看到河里有很多鱼儿游来游去。为了追逐那些鱼儿，我忘了危险，竟然跟着那些鱼儿，走到了河流的中间。河水虽不深，水流却很湍急。那白花花的水浪，拍打着我的小腿，像一只只张着大口的鱼儿，在驱逐着我。我愣愣地定在那里，心里一阵慌，生怕水里出现大鱼或者水蛇咬我。我抬头朝着外公的方向望去，他依然边洗衣服边和旁边的那些妇女有说有笑的。我不好意思打断外公的好兴致，低下头，发现水是那样清澈，我都能在水花的缝隙中，看到自己的脚丫。于是，我鼓起勇气，故作镇定地，使劲地往外公的方向，拖着沉重的步伐，一步一步地走了过去……待我重新站回岸上时，只觉得那一汪水，还挺深的！

我小时候的另一种乐趣，是看书。那些炎热的夏天，我有数不清的日子，都是一个人，坐在外婆家的土砖房里或者是她家后山的小竹林里，伴着斜进屋内的阳光或是竹林的清风，低着头，看一个又一个的故事。

有一个画眉鸟的故事，在我的心中刻下了深深的烙印，我至今记忆犹新。那个故事讲的是，有一个人因为感情受到创伤，很喜欢抓画眉鸟，还喜欢穿着高跟鞋将画眉鸟一脚一脚地踩死，他喜欢看到画眉鸟挣扎着死的画面。没想到，他最后，竟被成群的画眉鸟围攻，然后一口一口地啄死了。虽然我当时知道那是个故事，但是因为我看得太入迷，整个人沉浸到了那故事里，所以那些画眉鸟就活在了我的心中。我忘不了那些被踩死的画眉鸟，忘不了它们躺在地上不能飞翔的可怜模样，忘不了它们美好的生命定格在血腥的杀戮之中……从此，我对这世间的生命，更多了一份敬畏，多了一份祈祷。

此刻，我的老家，正被一种病毒侵蚀着，每天都有很多生命饱受着病魔的摧残。我常常在夕阳的余晖里静坐，反复咀嚼着那个故事，反复反思着这场灾难，冥冥之中，竟感觉故事和现实之间，一直都有着丝丝缕缕的联系。也许，当时写那个故事的作者，就是想要告诉读者，要爱护自然，爱护动物吧！连小学生的课本中，都反复倡导着要热爱大自然，要保护动物，与大自然和谐相处。可我们大人，为什么就做不到呢？

写到这里，我又想起前些天，我的一位湖南的好友对我说，她的老公在家杀了一只鸭子，那只鸭子的头被砍掉了，还一直动。她看到那个场景，非常不忍心，想要救活那只鸭子，可是已经来不及了。她说，那只鸭子的唯一同伴，自那以后，像疯了一样，天天哀嚎着，到处乱窜……

我又想起，近些日子在网上看的一个故事，就是人们在捕捉穿山甲的时候，穿山甲总会蜷缩着身子将自己的孩子藏在身下。

我望着我眼前的这一篮红菜苔，它们寂静无声。

我听着鸟儿们叽叽喳喳的声音，它们活力四射。

这一切，看着是那样和谐。可我一想到那些被人类因为贪欲而残害的野生动物，就无心再听鸟叫，也无心再沐春风了。我像那缓缓归巢的乌鸦一样，缓缓地走进了家门。

香香的阳光的余温，还在我的身上跳跃着，我的耳畔响起了一阵杂乱的声音，好像屋外鸟儿归巢后，在窝里幸福相聚的叽喳声；又好像我当年驻足停留的那条河里的鱼儿，在水里欢快的嬉戏声；隐约着，又好像谁的啜泣声……

恋恋不舍是回忆

　　行走在凉风习习的公园里，盎然的春色挤满双眼。我挑了几朵绽放在角落的花儿，细细端详了几眼便走开。耳边满是游人的欢声笑语，还有儿童和婴儿的呼喊声。我漫步在沉默不语的寂静小道上，不时地与迎面扑来的微风相拥。温柔的风总不忘给人带来阵阵大自然的迷人芳香，有时是栀子花香，有时是竹林清香，有时是泥土飘香……

　　走着走着，听到阵阵蝉鸣，此起彼伏。抬头望去，尽是密密麻麻的绿叶，在阳光的照耀下闪烁着金光。小小的蝉，像淘气的孩子，不知躲在哪个角落，在放肆地撒着泼。我全神贯注地寻觅着它们的踪影，突然，一个小孩跑到我的跟前，被我前进的双腿不小心撞到了。我惊慌地将孩子搀扶起来，还没来得及对紧跟上来的孩子父母说声对不起，就被孩子妈妈气势汹汹地数落了一番："你这么大一个人，长眼睛不看路看什么去了！小孩子走到你跟前都不知道让一下吗？……"

　　我很无语，我明明就站在那里，慢慢地挪移着脚步寻找蝉的，是她小孩横着跑，不小心撞到我腿上，我还用最快的速度扶起了她小孩，小孩并没有摔跤。我突然觉得这妇人太无理，我有些气愤，都没有回头去看她一眼，只是快步地走开了。背后她那粗俗的嗓音还在不停地制造着噪声，与这清净的大自然格格不入。

　　远离了那个妇人后，我走路变得格外小心起来，我也开始注意观察起公园里的小孩子了。在一片竹林小道间，我看到一位妈妈坐在石凳上玩着手机，不远处她的小孩在快乐地奔跑着，她的目光一直在手机上，她孩子的快乐在竹林间回荡着。我继续走着，突然我的面前又冲出了一位一岁左右的小孩，我赶紧给他让路，以免撞到他。走着走着，我发现这个公园里的小孩很多，很多家长都趁着周末将孩子带到公园里游玩。抱在手上的，推在车里的，地上跑的，数不胜数。

　　望着这些可爱的小孩，觉得他们很幸福。可是听着树枝上的蝉鸣，我又觉得他们的童年少了许多欢乐。犹记得，十多年前，当我还是个孩子的时候，只要放假，我就会和一群小伙伴在田野间到处奔跑，到处游玩。尤其是在夏天的暑假，我们玩得格外开心。那时，天气很热，大人们很忙，我们又比较小，什么都不用干，只有无尽的自由。我们拿着自己手工制作的"捕蝉网"，去各个大树上找蝉，将它抓来玩。调皮的男孩子会将蝉翼拔掉，欣赏着飞不了的蝉在地上艰难地爬行。而最终，这些蝉都会被我家那只调皮的猫一溜烟跑过来抓走吃掉。除了捕蝉，我们也会去捣蜂窝，胆子大点的，还会用一根长竹竿，在上面绑一小捆草，直接去烧掉蜂窝。每次被一群群蜜蜂追赶着跑的时候，我真有种世界末日来临的感觉。那时，胆小的小伙伴们都惊悚地叫着，胆大的大概都在哈哈笑着。除了这些，我们还会玩各种小游戏，比如打弹珠、跳皮筋、攻围城等。大些时候，到了五六年级，我们就会成群结队组成帮派，拿着棍棒，去挑衅邻村的帮派，在那里互相对骂，每次到真的开打的时候，就是一阵狂跑……

　　童年的回忆很多很多，止于六年级毕业后的那个暑假。那个时候的我们，不知道什么是理想，也不知道什么是喜怒哀乐，只知道每天玩啊玩，也并不知道那样的日子会有尽头，会永远地离我们远去。上初中后，我们就被老师们教导得有了理想，有了拼搏的方向，有了对未来的渴望。老师，似乎成了我们新的父母，一直在苦口婆心地对我们唠叨着。直到现在，或许到永远，只要一回忆，都能清晰地想起。当然，老师的话，是不能不听的。因为一旦产生了厌恶老师的念头，那几乎也等于到了求学的尽头。初中高中时代是我记忆中的求学时代，其实也是真挚友谊的建立时代。

生命中所谓的闺密、好友、知己都产生于中学时代。那时的我们，都很纯洁，都心怀美好，犹如初生的莲花，怎么看怎么圣洁。那时读书很辛苦，每天下晚自习看一眼黑夜里的星星，闻一下教室外的清风都觉得无比幸福。那时，一群群同学在晚自习后的欢声笑语都还历历在目，可都已成为遥远的回忆。

大学，是一个新的自由时代。一个专业一个班，一个班就像一个家，感觉也很美好。大学的室友，更是如兄弟姐妹一般，让人一见如故，终生不忘。拥有无尽自由的大学，是十分短暂的。我只觉得，像是一眨眼，它就离我而去了。

离开大学后，我无数次地回忆起大学的点点滴滴，回忆起读书时代的点点滴滴。那些匆匆而过的时光，似一场美梦，总让人忍不住去回想。

而今，大多数同学朋友都过上了接近理想的生活。我们，也都各奔东西，再难相见。甚至，很多人都已经淡忘了彼此，早已不再有联系。

我想，这就是生活吧，既真实，又不真实。

我在片片回忆中，绕着公园的小道走了一整圈，就出去了。

菜市场见闻

菜市场是最有生活气息的地方，形形色色的人和各种各样的菜，构成了一幅幅韵味十足的人间烟火图。

许久没逛菜市场的我，一时兴起，想去菜市场转一转，感受一下生活的味道。走进喧闹拥挤的菜市场，映入眼帘的是几个卖烤全羊和烤全猪的摊子。动物的骨骼轮廓依然完好，包裹着骨骼的肉体都被烤得红红的，皮肤都化为鲜亮的油。商人手上拿着刀子，应着顾客的要求，这里割一块，那里割一块。我望着那残忍的画面，胃里有种翻腾的感觉，不禁皱着眉，匆匆离去。

接着，我望见了一些摆地摊卖蔬菜的老人。其中，有一位身着一件长袖灰色衬衣，配一条黑色长裤，穿着一双旧解放军鞋的老爷爷让我多看了几眼。他满脸皱纹，却满脸笑容，看上去十分和善。他是推着一辆自行车来卖菜的。自行车的后座上，放着一个篮子，里面装有茄子、辣椒、空心菜等，自行车前方的篮子里，堆满了成熟的西红柿。那些西红柿，个个都是又大又红的，上面还带着一些亮晶晶的小水珠。显然，这是一位十分勤快十分爱干净的老人，也是一位十分朴实的老人。他卖的这些菜，种类多，各样分量却不是很多。但是看得出来，他在家都是精心整理和挑选过，甚至洗过的。他带来菜市场的这些菜，我不知道一个上午能否卖得完，我想就算是顺利卖完了，收入也是十分少的。可是，他脸上那灿烂的笑容，还有他那站得笔直的腰杆，让我十分佩服。我想，无论生活是怎样的，若都能留有他这样的微笑，大概就不会有多少烦恼。

除了这位老爷爷，菜市场还有很多位像他一样出来卖菜的老人。他们看上去都是那样沧桑，那样勤劳，那样真实，那样坚强。

我默默地转悠着，不知不觉走到了卖活家禽的地方。还没走近，一股股令人作呕的臭味便向我涌来。我捂住鼻子，加快脚步，想要赶紧离开。

这时，一声猫叫让我止住了脚步。我放下捂住鼻子的手，停下脚步，发现在卖活鸡活鸭活鱼的摊位旁边，有一个笼子，里面装着两只成年的猫儿。两只猫儿，都是黄白相间的毛色，长得不胖不瘦。它们挤在笼子里，无辜地望着眼前的一切，时不时发出低吟的叫声。

我望了望两只猫儿不快乐的眼神，有种心碎的感觉。以前大学时，在饮食文化课堂上，听老师讲过，广东人有的会吃老鼠肉，甚至是猫肉。当时听着，就觉得很恐怖。而今，在菜市场见到活生生的猫儿被关在笼子里，还是不敢相信是真的。因为我从小就被灌输猫有九条命的思想，猫是抓老鼠的，是不能吃的。而且，我从小都很喜欢猫儿。喜欢它们的慵懒与狡猾，喜欢它们撒娇的样子，也喜欢它们喵喵叫的声音。可，当这声音出现在菜市场时，我有种想哭的冲动。

什么是生命，什么是命运？我想来想去，越想越觉得痛苦。在大自然面前，在生物链面前，物竞天择，适者生存。弱肉强食，谁也抵抗不了。那生命的意义在哪里呢？

这让我想起不久前在微博上看到的一则类似的新闻，讲述的是一只怀孕的母羊含泪跪在屠夫的案台前,感动了周围的人,被带去某个动物园了。这个新闻让人很震撼。作为一只柔弱的母羊,它在死亡面前,并不畏惧,却心疼腹中的小羊。无论现实世界怎样残酷,母爱都是充满温暖的。死亡也许会让人觉得可怕,可一旦心中有爱的力量,就会变得坚强吧。生命活在世界上,幸福感都是来源于爱。

带着对笼子里两只猫儿的心疼,带着对生命的浅浅思索,我脚步沉重地离开了菜市场。

菜市场的喧嚣还在继续,拥挤还在继续。

那些活禽无辜的目光也还在菜市场的阳光下闪烁着。

桥底洞人

悠悠长江边上每天都会上演着各样的故事,来来回回的行人是江边的过客,而栖居在江边的人,是与长江水混为一体的人。

今天中午天空蔚蓝,艳阳高照,无比温暖。我在长江堤边,看着江水微微随风荡漾,看着长江大桥上的车水马龙,桥下的船只缓缓驶过,有一只独行的小木舟引起了我的注意,那是一个小学课本上讲过的与湘西相关联的小木舟,是李白坐过的那种一叶扁舟,只是,它没有桨,也许有其他的动力带动吧。旧得泛古的小木舟的主人,是个看着沧桑的中年人,随着小舟在江上漫溯。

待小木舟消失在我的视野之中时,长江堤边的桥洞下那个正在洗脸的人又占据了我的眼球。我看他在黑暗的桥洞下,麻利地擦完了脸,然后将水向周围重重地一洒,继而开始用竹子做的扫帚扫起了他身边的那块地,扫完了地,见他用桥壁上挂着的毛巾擦了擦手,接着,他拿起了网鱼的工具,走到江边,捞着鱼……

看着他不紧不慢的行动,我只觉得敬意油然而生。我将目光再次瞥向了那桥洞，桥洞底下的黑暗自不必说，两边是漏风的，他用被单将自己的床铺围住了，我看不见。床铺的周围，有几个盆和桶，各样的颜色。桶的旁边，凌乱地放着许多柴。显然，他是一个在这桥洞下过着生活的人。他用着长江的水，吃着长江里的鱼，日夜听着长江水的呼吸声，不知道他的心境是否也如眼前这漾漾的江水，恬静淡泊，无欲无求。

我很想知道他为何会住在这长江旁的桥洞下，也想知道他的生活是否如我所看见的那样惬意。长江边上有无数个桥洞，世上有无数个流浪人。为何看起来无比健康矫健的他会住在那里，为何他看上去那么像一个闹市中的隐居者。

我打住了自己内心的好奇，只是一直看着他在用网捞着鱼。

在我离开的时候，他依旧在那里慢慢地一次又一次地撒着网，捞着鱼。

我想，他也许还在哼着歌儿吧。

这位桥底洞人，从此在我心中留下了印记。我想，在这个世界上，总是会有许多人在做着我们想做而不敢做的事情，不管他们是自愿的还是被迫的，他们毕竟都在继续着。不管他们的心情是否舒畅，他们都在生活着。与他们比起来，我觉得自己很是懦弱。我有很多事情不敢去想，也不敢去面对。也许，我该向这位桥底洞人学习一下，乐观对待生活的态度。

文字与生活

　　文字，在我的生活中已经搁浅了许久，以至于想要拾起却不知从何而起。

　　近来的时光，都付给生活了。在生活的洪流中，我犹似一叶扁舟，在浩瀚无际的水面上寂静漂泊前行。无论生活的洪流掀起多大的波涛，无论浪花怎样汹涌，我这一叶扁舟都得随波而行。扁舟既已漂进了海，便只能前行，无论风雨阳光，都只能向前走。风不让它回头，浪不让它自由，雨不让它泪流。它是一叶扁舟，只能孤寂遨游。

　　我凝望着属于我的这叶扁舟，在茫茫宇宙间悠悠远走，想着我已不再害怕风雨，不再害怕孤单。我脑海里的所有，无非就是适应眼前的世界，努力地将自己的小船驶向更远的前方。我只有不断地拼搏，不断地努力，才能够不枉费自己所有的珍惜。

　　生活，在寂静无言中，早已给每个人都划分了层次。有的人生来高贵，有的人出身贫贱。能够靠自己努力改变命运的人有许许多多，可是世界太大，努力显得很渺小。所以，我在我的生活里看到的仍是一望无际的荒凉，仍旧有数不清的人在生活的威严下沧桑无比。

或许，每个生命都会接受沧桑的洗礼。只是，我们总在沧桑过后才懂得怀念沧桑来临之前的生活。就像文字，多数都是用作怀念过去的。憧憬未来的并不多。毕竟，未来是未知的，憧憬充其量也只是一种幻想。而怀念，则是一种揪心的情感。

生活与文字，都是我的挚爱。我喜欢在各种各样的生活中来认识属于我的世界，我喜欢用自己稚嫩的文字来描摹生活的画面。荒凉也好，繁荣也好，真也好，假也好，都是生活的某种模样，都是值得探寻与思考的。

当生活太忙碌，我总会搁浅文字。从内心深处来说，我还是挺喜欢忙碌的生活的。总感觉，忙碌让人充实，让人觉得是在生活，是在过着实实在在的人生。所以，在每一个忙碌光顾我的生命之时，我都会珍惜，都会用心体会其中的苦与乐，并渐渐地学会沉默，学会不去诉苦，不去炫耀。

文字，是用来净化心灵，沉静灵魂的。文字，也是对生活的一种记录。生活，不可太过浮华；文字，也应低调实际。

唐代文学家白居易曾说："文章合为时而著，歌诗合为事而作。"

文字与生活，应该是合为一体的。生活，有多少沧桑；文字，就需要多少翅膀。文字，是生活的宝藏，是生活的忠实伴侣。文字，源于生活，也得忠于生活，才会有迷人的魅力。

许久没与文字交心了，今夜一叙，爱你依旧。

第二辑　爱是一片天

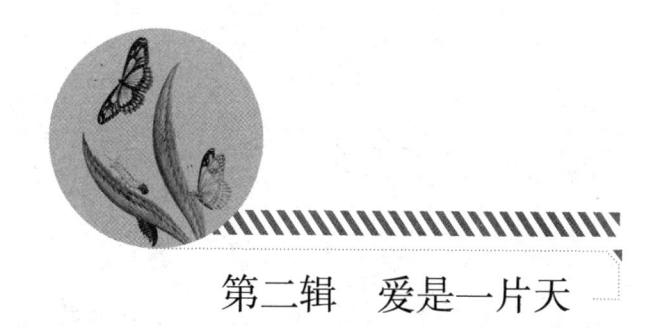

爱人者，人恒爱之

> 爱人者，人恒爱之；敬人者，人恒敬之。
>
> ——孟子

今夜，看完了印度神剧《厕所英雄》，其间有过不少笑容，也流过不少眼泪。这部电影主要讲述了身为印度的上等人贾耶因被男主角凯沙夫独特的魅力吸引而迅速嫁给了他。之后，她尴尬地发现丈夫家没有厕所，那里所有女性都要在深夜拎着煤油灯抱着夜壶去野外如厕。作为受过高等教育的贾耶，她从出生起就是在家里上厕所的，自然无法接受更无法理解妇女深夜成群结队去野外上厕所的陋习，但为了爱情，她不得不尝试一下。无奈的是，野外如厕时常会被一些男性有意或无意地撞见，甚至还经常会被一些早有预谋的男性拿着手电筒故意将光晃在她们的脸上，她们不得不遮住自己的脸，却无法顾及自己裸露在外的屁股。贾耶第一次也是唯一一次在野外上厕所就碰见了自己的深受印度落后传统文化捆绑的公公，她羞愤难耐，与丈夫起了争执。她的丈夫绞尽脑汁，带她蹭别人家厕所、蹭火车厕所，甚至偷摄影组移动公共厕所，却都漏洞百出，没能解决根本问题。为此，贾耶说"没有厕所就离婚"。凯沙夫只得硬着头皮继续努力，他试图说服村长和村民，却一点作用也没有。接着，他到处走访，收集资料，上诉到政府部门。最后，获得了政府和民众的支持。政府答应11个月内为他们村建立厕所。可是他的妻子等不了，他们还是走上了离婚的法庭。法官看了他们的离婚理由，没有批准离婚，而是决定锁上政府工作人员工作处的所有厕所，让他们在自己的利益被触犯中深刻反省了错误，最终，政府决定从第二天就开始着手在他们村建立厕所，结局皆大欢喜。

电影里的男女主角，不光是为了自己的利益，更是为了印度广大妇女的利益，不惜牺牲自己的幸福，而掀起了这样一场空前的女性如厕革命，引起了空前的反响，从此改写了无数印度女性的命运。电影落幕之处，也交代了故事的原型，让我内心十分震撼，却又十分理解。在这个世界上，有很多不合理的事情，我们都在强迫自己去习惯，而不是想着去改变。尤其是在封建时代，这样的事例更是数不胜数，比如女性缠足裹胸、三从四德等。回望历史，我们心里便会懂得，与时俱进是多么重要，以人为本是多么重要。然而，敢为天下先，敢于改变落后习俗，挑战权威的人却不多。幸运的是，每一种不合理的背后，都有勇士在默默地付出血与泪，勇敢地挑战着这一切。成功了的，被写进了历史的光荣簿里，供后人景仰膜拜。而那些失败了的，则背着千古骂名永远沉睡在土里。

我们都爱成功的英雄，却不知每一个成功的英雄背后，有多少失败的英雄拿自己的生命或幸福做了铺垫。

写到这里，我想起前几天看的一部很火的中国电影《我不是药神》。这部电影的主人公程勇，本是一个连房租都交不起的卖男性保健品的神油店老板，因为一个不速之客的到访，加之经济的窘迫，一跃成为印度仿制药"格列宁"的独家代理商。在病友们的簇拥下，他收获了巨额利润，被病人冠以"药神"的称号。后来，因为害怕自己坐牢，他金盆洗手，故作怒态，将自己的几个盟友病人都遣散，将代理权转给了黑心的张某。张某为了一己私利，将药价由5000元一瓶涨到两万元一瓶，最终激起病友愤怒，被出卖，然后被警方抓捕。而后，已成为纺织工厂大老板的程勇，得知自己昔日的好友吕受益因吃不起昂贵的药而离开人世后，他的内心受到了极大的震撼，他觉得是自己的自私害死了无辜的朋友，毁了一个美好的家庭。经过一番内心的挣扎，他又重操旧业，重新卖起了仿制药。这次的药价是500元，他不挣钱了。他手上的订单像天上的星星一样朝他飞来，他却乐此不疲。后来，印度那边的厂家被强制关门了，他拿仿制药的进价变为2000元一瓶，他在国内依然卖500元一瓶。他每卖一瓶，就要倒贴1500元，可他却依然十分乐意，他觉得那是对那些因为他的自私而去世的病人的一种补偿。此时的他，在不知不觉中，已将个人生死置之度外。因为他一个人的入狱，可以挽救无数病人的生命，他又有什么理由再逃避呢？后来，他被抓了，判了五年。在诸多支持他的人的努力下，在一直强调"法大于情"的背景下，他还是因情而提前被释放了，而且国家也因此调整了"格列宁"药品价格，并将其纳入医保之列，结局大快人心。

看完这部电影，和我同行的人都流了不少眼泪。我们带进电影院的爆米花、可乐，都原封不动地躺在那里，而深藏在包里的纸巾，都被悲情的泪水打湿了。我起身离开影院的时候，环顾了一下电影院，发现座椅上的许多人，都在意犹未尽地擦着眼泪。当我默默走出影院的时候，我想，现在的人为什么在自己的生活中都越来越冷漠，表情都越来越淡漠，而在看电影的时候却又都能流露出真性情呢？是我们内心没有爱，还是我们眼前的生活节奏太快，让我们来不及萌生爱，又或是我们太谨小慎微，害怕过于放纵自己的真性情会得罪谁谁谁？

联想到生活实际，我发觉，现在的人都喜欢对自己的领导或于自己有益的人展露笑意，对于这些于自己有利益哪怕只是自己以为的一丁点利益，他们不惜牺牲自己内心的真实，挤出一个大大的却满是虚伪的笑容，极力奉承。每逢节假日，更是不得了，想尽一切法子，想要送点好处给对方，仿佛这样自己就能和那些人站在同一阶层似的。而对于那些真正和自己站在统一战线或者不如自己的弱者或者贫者，他们那脸上的冷漠酷似冰霜，让人看了瘆得慌。

在职场上，能够设身处地为他人考虑的善良越来越不多见。在生活中，偶尔还能瞥见些许。我认为，人活在这个世界上，不仅仅有物质生活，还有精神生活。而且，精神生活应该比物质生活更为重要。如果一个人因为过分地追求名利而完全忽略精神安宁，总是为了一己私利不停地利用别人，那么他终将会陷入孤寂的深渊，还不知缘由。人活在世上，是离不开精神生活的。一个人的精神，若失去了依托，那么无异于行尸走肉。

我上面写的两部电影里的主人公，心中都是有爱的。他们一个是为了爱情，一个是为了良心。一个是主动为爱而挑战权威，一个是被动用爱救助病人。他们在付出诸多努力后，一个被冠以"厕所英雄"的光荣称号，一个被誉为"药神"。他们的共同之处在于他们都是有精神追求的。他们的目光早已超越了现实的物质生活，上升到了无形的精神层面。他们的骨子里，都有着爱人之心。爱，是这个世界上最奇妙的东西，爱总能创造奇迹。他们的成功，都是源于爱人之心，故他们最终都能被人恒爱之。

人活在这个世界上，一定不要只将目光定格在利益上，不要总想着讨好谁，总算计着如何投机取巧。我们要明白，成功最重要的途径是勤奋。在追求成功的同时，或者在自己取得成功后，请记得回头看看，这一路是怎么走过来的。哪些人，哪些事，是我们需要感恩并永远铭记的。

我们应该要做到，吃水不忘挖井人。对于一些命运悲惨的贫者、弱者，我们要多伸出援助之手，千万不要害怕脏了自己的手。要知道，赠人玫瑰，手有余香。我们更要做到，心中时刻有他人。例如"冬歌文苑"的冬歌，本来今天平台按计划将推出三篇祭文，却能顾及今天要参加婚礼而推迟发这几篇文。他说，我们可以不看别人脸色生活，但不能因为自己让别人不开心。他的这句话，就说明我们的一言一行，都要考虑一下别人，也就是，我们要有爱人之心。

  我永远无法忘记，在读中学的时候，受了某种启发，一时兴起，我给村里几位孤寡老人买了点水果后，他们握着我的手，感激涕零的样子。现在，他们都早已离开了人世，没有人记得他们。我也只是，偶尔想起他们，想起他们土黄的满是褶皱的脸上溢出的清泪。

  一想到他们，还有类似他们的人，我的眼睛也会红。我愿意，将我的爱，留出一份给他们。虽然极其微小，但意义不小，如老子所说，"勿以善小而不为，勿以恶小而为之。"

  愿我们每个人都不要隐藏不要吝惜自己本性里的良善，愿我们都能够像电影里的主角一样将爱付诸实践，只有这样，我们这个世界才会变得更加美好。

我的妈妈

想到妈妈，我的心中就有无限感慨，无限力量。我的妈妈高中毕业，未嫁给我爸爸之前，因为外公外婆的宠爱，两手不染纤尘，过着大小姐般的幸福生活。

嫁给我爸后，她的生活就换了一个模样。她一下子从"大小姐"变成了"农村妇女"。

我出生的时候她才22岁，在她24岁的时候，又生了我弟弟，那时她多么年轻。

可是，在我的记忆里，妈妈一直都是成熟而沧桑的。也难怪，22岁的她，就已为人妻为人母，过着平凡而贫苦的生活。在我出生的前一天，她都在田地里干着农活。我出生后不久，她的身体刚刚恢复好就继续投身于农耕生活。

那时候的她，青春正好，却已经开始背负着上一辈留下的债务以及自己家庭的沉重负担。起早贪黑地下田干活，依旧还不清祖辈多年累积下来的债务。辛辛苦苦收获的金黄稻谷，总是因生活窘迫而贱卖出去。

日复一日，年复一年。一个年纪轻轻的女子，独自在陌生的环境里，学习怎样种田，怎样持家，怎样养活孩子。

妈妈常说，出嫁前的她几乎没有下地干过农活的。然而嫁鸡随鸡，嫁狗随狗，读了些许书的她嫁入了一个贫寒的农民家庭，不得不学会适应周遭的一切。

农田在女子眼里都是脏兮兮的感觉，农田里的泥巴、水蛇、水蛭……都是令人惧怕的。还有农忙时分的烈日炎炎，对于年轻女子来说都是极具挑战性的。

可是为了生活，为了自己的孩子，二十出头的妈妈硬是咬牙掌握了农耕生活的相关技术，硬是能够种出一田一田的金黄稻谷和雪白棉花。

当我和弟弟还年幼无知时，妈妈每天从田地间拖着沉重的步伐归来后，还得亲自去菜园里摘菜，然后择菜、洗菜、做饭……忙完了这一切，还得照顾我和弟弟的洗澡穿衣等烦琐事宜。

我10岁的时候，为了维持生计，爸爸和妈妈准备一起南下广东进厂打工。

妈妈离开家乡的那一天，村里的老人让我跟着去送送，不知为何当时我没有去。只是听别人说妈妈很不舍得，似乎流泪了。

那时的我，脑海里只会埋怨都是贫穷惹的祸。若不是贫穷，父母怎会去那么远的地方打工呢？

不过，妈妈离开前笑着对我和弟弟说过，回来后会给我们买许多好吃的，还会给我们零花钱。

妈妈说的这些话我听了特别开心，心里仿佛有了一丝期盼。零花钱在妈妈没出远门之前对我来说是一件想都不敢想的事情，而且妈妈在出门之前还给了我一笔可观的零花钱。这让我兴奋不已，也正是这兴奋让我淡化了对父母离开的不舍之情。

妈妈离开家乡后，爷爷带着我和弟弟。妈妈每个月会给爷爷寄钱做我和弟弟的生活费。爷爷很舍得给我和弟弟花钱，所以妈妈在外面打工的那段日子，我和弟弟在家吃得好、玩得好。

说实话，那时候过得比较快乐自在，并没有很思念妈妈。反而一直觉得，妈妈在大城市里打工，能够挣到很多钱，肯定也过得很快乐自由。

时光一晃就是三年。

妈妈在广东的某个工厂打工三年，过年也没有回来过。那时小小的我，有一天因为一个小小的委屈特别想妈妈，然后含着泪给妈妈写了一封很长很煽情的信，写了好几千字，每一段的开头都是"妈妈，我好想你"……

据说，妈妈看了那封信后泪流满面，每天都要看好几遍。没过多久，妈妈就因忍不住对我和弟弟的思念辞职回家了。

其实，我写信只是一时冲动。煽情，或许是我与生俱来的特长。信寄出去后，我就后悔了。因为事实上我对妈妈的思念没有信里写的那么深切，我过得也没有信里写的那样孤苦。

可惜，我总喜欢放大痛苦，喜欢用忧郁的文字强说愁。那时，我的心里有过小小的后悔，我不该写那么煽情的话语害得妈妈离开大城市跑回家的。

我知道，妈妈回来后，又得过着辛苦的农耕生活。然而，年轻的妈妈总是对孩子有着很深很深的爱，她怎么能经得住自己日夜思念的孩子的深情呼唤呢？

妈妈回来后，给我买了一些漂亮衣服、漂亮贴纸、一个录音机，还有好多磁带。我高兴不已，那封煽情的信也不再让我觉得内疚了。

那时，日子虽然过得苦，却也温暖。每天早上都能吃到妈妈熬的热乎乎的粥，每天晚上都能睡在妈妈铺好的干净的床上。那是一种久违的亲切与温暖，让我心里格外舒坦。

事隔多年，如今我已经离开校园出门闯荡生活了。直到如今，我才能真正体会到当年妈妈在工厂打工的滋味。那不是我想象中的轻松快乐舒适，而是机器人一样没日没夜的辛苦劳作。现在我才知道，工厂里上夜班有多辛苦，才知道很多工人每个月只有一两天的假期，才知道工厂工人的薪资待遇在这个社会里其实很低。

当我的妈妈在工厂打工的时候，她每个月的工资都是一分不花全部存起来留给我和弟弟用。她在工厂打工三年，每天都是上十几个小时的班，心里还装着对自己孩子的思念，装着那个贫寒家庭的沉重负担。

那时她是那样年轻，竟能在如此花花世界里始终恪守最初的自己。我真的很佩服，也觉得心酸。妈妈真的很不容易，不是简单的几个形容词就能描述得清。

……

时间飞逝，妈妈不知不觉间都50岁了。为了我和弟弟，她吃了许多苦，历尽了人间艰辛，我在心底始终对妈妈有着无限的敬意和难言的心疼。

岁月蹉跎，若不是妈妈，我怎会有今天。虽然我的今天，依然不够好，可是我懂得知足常乐，也知道我的今天是妈妈用血汗替我争取来的。

我感激我的妈妈赐予我生命，护我成长。在今后的日子里，我会一直努力，努力让自己变得更加优秀，然后好好地爱妈妈。

专属于我的两棵辣椒树

我很喜欢吃辣椒，提起辣椒，便想起了妈妈，想起了学生时代每年妈妈专门为我种的那两棵辣椒树。

读初中和高中的时候，学习很繁忙，回家的时间很少。但是每次回家，妈妈都会为我准备丰盛的饭菜。我很爱吃各种美食，妈妈总是尽可能地为我多准备吃的东西，也包括零食。

冬天的时候很冷，也是各种青菜出炉的好季节，在这么多青菜中，我最爱吃的就是菜苔了，不管是红菜苔，还是白菜苔，我都特别爱，吃多少都不觉得腻。在菜苔不多的那段时间，妈妈总会将菜地里的菜苔留着，直到我放假回家才摘回来，做着给我吃。高中以前的每个冬天，我回家总是能吃到我爱的菜苔，现在很少能吃到了。

菜苔是只有冬天和初春妈妈才能够给我准备的，因为是妈妈自己在菜地种的，没法反季节种菜，她只是一个很普通的妇人，只能顺应季节从事农事。不过，辣椒就不同了，辣椒是我记忆中吃得最多的，妈妈给我准备得最多的食物。

不知道有多少次炒菜的时候，害怕辣味的妈妈一边用右手拿着锅铲炒着辣椒，一边用左手捂着鼻子。每一次炒熟了有关辣椒的菜，妈妈的眼睛总会被辣味呛得通红，但是她总会在我吃辣椒的时候很开心地看着我，让我多吃点。妈妈是不吃辣椒的，所以只要和辣椒混合的菜都是我一个人的，我总是吃得很欢。也许那时学校的伙食的确有些差吧，关于那些年我记忆中的许多画面都是妈妈做美食的样子，没有多少妈妈其他的形象在脑海。如今想起，除了幸福感动，还有一些愧疚，还有一丝泪光盘旋。

上高中的时候，有一次在我准备去学校的时候，妈妈突然说她今天得去拔掉菜园里的那两棵辣椒树了，然后种别的菜。我问辣椒都摘完了吗？妈妈大笑，说我不在家的时候，辣椒总是掉得满地都是没人吃，除了我回家，她几乎不会摘那些辣椒的。现在我要上学了，一个月后才回家，那时候辣椒树就不会再结辣椒了，所以她要拔掉了。

我听后，心里很感动。想着在家里种菜多么不容易啊，播种、除草、打农药，干旱的时候还得跑大老远挑着水去给菜浇水。想着在清晨、黄昏、烈日下、大风中，妈妈辛苦劳作的身影，我的内心就充满了感慨。就想着要好好学习，以后好好报答妈妈。

这么多年，每一次我在家妈妈都会为我准备辣椒，直到现在依旧如此。

过去的那些年，妈妈每年都会为我种两棵辣椒树，我曾见过妈妈种的辣椒树，长得很葱郁，上面结满了很有光泽的辣椒。妈妈每次见到她种的这些菜，脸上都充满了喜悦，这些都是她的成就，是值得她欣慰的。就算那些她不吃的辣椒，她看见了也是那样喜悦。这些都是妈妈对我最真切的爱，我却在今天才彻底地想起来，怀恋起来。

原来在我的生命中曾有过那么多辣椒是专属于我的，我竟是这样幸福。

妈妈插的秧

在我十五六岁的时候，曾跟着妈妈一起下过水田。

稻田里，水清浅，黑黑的泥巴带着一股淡淡的清香，光着脚丫踩在那软软的泥巴上，犹如踩在湿漉漉的棉花上，给脚丫进行着一次舒适的天然的按摩。

在插秧的季节，总会下起蒙蒙小雨。雾蒙蒙的田野里，除了一望无际的天空，就是一望无际的稻田。

稀稀朗朗的几位农民，弯着腰在田里虔诚地卖力地将一棵一棵幼苗栽进水田里。

我跟着妈妈学着插秧，怎么都跟不上她的速度，插出来的秧也远不及她插的整齐。

每当这个时候，妈妈总会说，三百六十行，行行出状元。一个人适合干一行，干得久了就熟悉了、精练了。

那个时候，我的学习成绩还比较好，妈妈每次看见我插的那些歪歪扭扭的秧苗时，总会哭笑不得地安慰我说，我不像是一块能干活的料，说我将来得靠文化吃饭。每当说这话的时候，妈妈的脸上总是挂着一抹欣慰的笑容。那笑容，在她那样说的时候，我总是不敢抬头，因为我觉得她太高看我了，我受不起她那样充满期待的笑容。

如今，我再想起妈妈在下着雨的田野里，边擦着汗水边投给我的那抹笑容时，我的眼眶微微地有些潮湿。

现在，我明白，就算那个时候，我的学习成绩不好，妈妈也会用那样充满期许的目光看我的。因为，我是她的孩子，所以，在她的眼里，我的一切都是好的。

其实，在每次妈妈让我陪她去田里插秧的时候，我都是极其不情愿的。

十五六岁的我，害怕戴着草帽，穿着旧衣服和妈妈一起弯腰在田里插着幼苗。因为家里的农田靠近我就读的小学的路边，我害怕被同学们看见。这种莫名的害怕来源于当时的贫穷，因为在我心里一直觉得那些家庭条件比较好的女孩，是不会去水田里干活的。她们都是在家里看着电视睡着觉的，所以，在我心里，一直觉得下田干活很丢脸。

特别是，水田里还会有吸血虫水蛭。每当我感觉脚上有一点点瘙痒的时候，总会尖叫着将脚抬起，不得不承认，大多数时候，上面是真的爬了水蛭的……

那时，心里特别惶恐。妈妈说，这有什么好怕的！她在水田里，还遇到过水蛇呢……

听了妈妈这句话，我吓得从田里跑开了。我太害怕蛇了，所以，自那以后，我再也没有下水田插秧了。

每次，给独自在水田里插秧的妈妈送水喝的时候，看着她弯着腰一个人孤单地在田里一棵一棵地插着秧苗时，我的内心有一些慌乱，但是我还是不肯下田帮忙，只因为田里的蛇虫太多太恐怖。

我家宽阔的稻田里，多数时候都只有妈妈一个人的影子。她插的那一排排绿油油的秧苗，在阳光下，在细雨中，翠绿晶莹，就像翡翠一样迷人。

那一田一田妈妈插下的秧，是我们家当时全部的希望。

每到秋收的季节，妈妈在烈日中经过了繁忙的双抢后，家里总会堆满了黄灿灿的谷子，像一座小山丘。

每当妈妈看到这些金黄的饱满的谷堆时，脸上总会带着开心的笑容，她的内心肯定是喜悦的，因为这是她用劳动换来的！

只是，这些谷子很快就会卖给商人了。他们买完了我们的谷子，给妈妈一些钱后，便开着车，将妈妈种的谷子载向了远方……

而这些卖谷子的钱，刚好就是我新学期的学费……

年年如此。

我在教室里的那些接受知识熏陶的美好时光，都是妈妈用汗水一点一点地换来的。

我享受的每一寸光阴，都是妈妈用自己的汗水换来的。

妈妈对我的付出，只要我一闭上眼睛，就会飘出无数的画面，让我的内心变得安静，变得潮湿。

我就像妈妈手里的一棵秧苗，在她悉心的栽培下，慢慢地成长着……

在风里，在雨里，都有妈妈陪伴的足迹……

我的阿Q父亲

  我的父亲，长得不高不矮，不胖不瘦，不帅也不丑。
  长这么大，我从未认真写过我的父亲，也从未向我的父亲表达过我对他的爱意。在我眼里，我的父亲没有给过我什么爱，更没有让我有过父爱如山的感觉。认识父亲的人，都喜欢喊他"阿Q"或者"孔输记"。因为父亲性格散漫，极其爱玩牌，做什么正经事都是"三天打鱼，两天晒网"，挣点钱就送到了牌桌上，久而久之，认真做事的人都悄悄疏远了他，好赌成性的人慢慢地包围了他，而他却不自知，每天还都得意扬扬地像只骄傲的大公鸡，这里转转，那里走走，逢人便爱说几句自以为俏皮的话儿，别人敷衍的笑容他却总是信以为真，还暗自认为自己的说话水平十分高超，很招人青睐。不得不承认的是，父亲智商情商虽不是很高，大多数亲朋好友也都不怎么看得起他，但他那乐观开朗不计是非的阿Q精神有时候倒是挺让人羡慕的。因为无论发生了什么难堪或者痛苦的事情，他的脸上都不会有什么愁容。他总是用他那不知哪里学来的"精神胜利法"让自己永远保持着愉悦的笑容，而那些笑容，曾让我反感了许多年。

　　父亲的爱笑，造就了我的不爱笑。儿时因他好赌，又不务正业，使得家里年年欠了不少外债。每当大年三十来临之际，年幼的我都是提着心吊着胆度日子的。那时，同村的孩子们都欢喜地讨论着过年的新衣和新玩具，而我却总会悄悄地远离他们，独自吞饮着寂寞与哀愁。我永远也忘不了那一天，当我一个人在家安静地写作业时，家里突然闯入了几个陌生人，他们问我我的父母去哪里了。我说，他们去田里干活去了。那几个人又说他们找我父亲有事情，问我能不能去把他喊回家。我当时心里有一种不祥的感觉，但还是毫不犹豫地答应了他们。至今，我仍然清楚地记得，当时我是迈着多快的脚步，穿过村头的祖坟山，穿过山边的泥泞小路，越过枯黄的荆棘丛赶到父母所在的田间的。当父亲知道我的来意后，让我马上回去，告诉他们说找不到我的父母在哪里。当时，父亲的脸上并没有丝毫的窘迫感，也没有一丝的慌乱。母亲的脸上却布满了愁容，双眉紧锁。我没有说什么，又迈着匆匆的脚步，越过荆棘，越过小路，越过坟山，跑回了家里。那些人听了我的话后，说了几句骂人的话。大致的意思就是怨我的父亲欠他们的钱一拖再拖。那时我才读小学，此事却深深地刻在了我的心上，成了一个永久的烙印。后来我慢慢了解到，农村人讨债，都喜欢在年三十那天。具体什么缘由，我没有追究。我只知，自那以后，每个年三十，我都很害怕，害怕有人来讨债，害怕他们做一些危险的举动。父亲领悟了我的担忧，每次都早早贴上对联和门画，然后开心地对我说："女儿不要怕，贴了对联后别人可就不好意思来讨钱咯！"每当听他说这样的话，我的心里就似有千万只蚂蚁凝聚在一团，凝成了一个拳头的模样。可他毕竟是我的父亲，我不能对他怎么样。我能做的，不过是尽自己所能，狠狠地瞪他几眼罢了！每当这时，他就会说："你是小孩子，你不懂！不要管大人的事，你安心过你的日子便是。"我从那时就开始不把父亲的话放在心上了，他说的一切我都不听。当然，他也从不插手我的成长。我读了十几年书，他从不知我的老师姓甚名谁，甚至连我读哪个年级都不知道。我之所以能发现这个惊人的现实，是因为我读高三时的某个端午节，母亲做了一些好吃的让他给我送过来，他竟然问母亲我读的哪个年级哪个班。母亲告诉他后，又打电话当笑话和我说了此事，可我当时没有当笑话来听。我觉得十分憋屈，我不明白，我为什么有这样一位父亲呢？他不能给我依靠就罢了，还要处处惹我生气。当父亲将母亲捎来的吃的递给我后，我让他赶紧回去。那时教室人很少，我很希望他早点走，他却一直对着我笑，说要看会儿我。可我不想让我的同学们看到他，虽然我知道我的同学们并不知道他是个什么样的人，他由于向来热衷打扮和保养，看上去也是让人觉得舒服的，但年少时强烈的自尊与自卑，还是占了上风，他很快就顺从我的意思离开了教室。

之后，他再也没有在我读书的教室出现过。现在想想，那是他唯一一次出现在我读书的教室里。

高考结束后的那个下午，我的父亲早早地就守候在学校大门外，等着接我回家。那时阳光明媚得耀眼，树影斑驳，蝉鸣阵阵，学校一直循环播放着小虎队的《一路顺风》。我匆匆收拾着高中三年的行李，扔了许许多多带不走的东西，其中还包括了深夜伴我入眠的好多本书，最后我只拎着一个大箱子两个大袋子，走出了校门。

那天下午，校门外密密麻麻全是莘莘学子的家长们。各种各样的交通工具将学校大门围得水泄不通，我艰难地穿行在那些拥挤的小道里，寻觅着父亲的踪影。当我看到他的时候，他竟然在正对学校大门的那个小卖部里。我以为他在买烟，心里顿时火冒三丈，不顾人潮拥挤，三步并作两步赶到了他面前，正欲发火的时候，他却拿着一支冒着丝丝凉气的雪糕对我露出一个灿烂无比的笑容。他说，"女儿，渴了吧，先吃个雪糕再回家吧！"我的心当时就软了下来，接过雪糕，几口就吃完了。

回家的路上，他骑摩托车的速度特别快，道路两旁的葱郁大树飞一般地从我眼前掠去。我有些担心，让他骑慢点。他不听，说让我放心，不会有事的。没一会儿，我的行李就全掉下去了。我大吼了几下，他才停下来。重新出发后，他的速度才慢了下来。我的心，也舒坦了起来。

　　到家后，母亲做的饭早就熟了。吃饭的时候，父亲一直问我高考考得怎么样。我望着他那惯有的自信满满的骄傲模样，心里特别厌烦，说考得特别不好，很多题都不会做，估计读不成大学了。

　　他听了，竟然笑得更开心了！"哈哈，你就是爱谦虚，你说没考好，那绝对是考得很好了！再说，我的女儿，怎么会考不好呢？"

　　他越说越高兴，越高兴越得意，然后饭也没吃，便出门到处转悠，抒发心中的喜悦之情了。

　　我哭笑不得！

　　读大学时，父亲没那么好赌了，慢慢地也学会努力挣钱顾家顾我读书了。他的改进，让我心里的石头落了地，心里轻松了一大截。所以，我的大学时光过得还是挺愉悦的。只是有一次，我急着问父亲要那个月的生活费，而他所待的工地却一直没能结账，他推辞了两三天后，我便生气了。我一生气，他的钱就打过来了。只是，他也因此被老板炒了鱿鱼。原因是，他向老板支钱的次数太频繁，而且那次他是在老板和别人吃酒席的时候闯入要支钱的。老板碍于面子，当场将钱给了他，但是事后就将他炒了。我得知这个事后，心里非常愧疚，恨自己不该问他要钱那么频繁。当我向他委婉表达歉意的时候，他却笑着说，"姑娘啊，这个算得了什么！你老爸一身的好本事，他那里不要我了，我换个去处还不是容易得很哪！"听着他那发自肺腑的笑声，我心头的疙瘩也就消了。现在想想，反倒觉得挺心酸的。心酸之余，又着实佩服父亲的乐观与豁达。

　　而今，我早已长大成人，有了自己的一片天地，生活安稳，喜欢写点小文章自娱自乐。

父亲得知后，又十分开心。他说，"有其父必有其女，你会写文章可都是因为你老爸的基因好啊！看来，你老爸的这一副好口才也不会被荒废掉，哈哈！"

对于他的话，我很无语。我想，我现在的一切才能，多半是源于自身的努力。若非要和遗传扯上关系，我更愿意相信，我的所有特长都是源于我母亲的良好基因。

不过，父亲现在也五十多岁了，我不想反驳他什么，而且我深知我也没那个能力能够反驳他什么。我只怕我对他的发自内心的打击的话语，会被他当成反话。于是，我什么也不说，只是兀自过着自己的生活，写着自己的文章。

而父亲，却摇身化为我最忠实的"读者"。我发表在微信公众号上的每一篇文章，他都会第一时间去看，去"点评留言"。他只有小学文化，却坚持给我的每篇文章都写了"留言"，而且有些还颇具文采，让我诧异之余，还有些感动！

前几天，弟弟突然给我发微信，不让我再给父亲看我发的文章。他说父亲在家像着了魔一样，一直躺在床上，为我的文章写"留言"，"留言"没写完，他就不起床，饭也不吃，茶也不喝，甚至连他最爱的烟也不抽。而且，他对手机的许多功能又不熟悉，不懂复制粘贴，每次一不小心写错一个字，就容易手忙脚乱，删了全部，然后又重写……如此往复，他给一篇文章写"留言"的时间往往都会超过我写一篇文章的时间。

而且，他每次"留言"完毕后，就会像学生等待考试分数出来一样等待自己的留言入"精选"。特别是有一次，他的一个"留言"迟迟没入"精选"，他竟然生气了，还打电话质问我，为什么不入选他的留言，他哪里没写好。我哭笑不得，说我发文章的那个公众号不是我的，留言是否入选也不是我操控的。他听了，很失落，直到收到系统提示的"恭喜你的留言入选为精选留言"后，他才转失望为得意。他不懂微信留言的真正内涵，他只知，"精选"二字难得。所以，每次他的留言入了"精选"后，他就特别开心，还会问我，他点评得如何，有没有闹笑话。我每次都是随心情敷衍他几句，我觉得他的行为特别幼稚。

　　但是，当我知道他每天为了给我的文章留下精美的点评，花了那么大的精力后，我的心就酸酸的。这种酸酸的感觉，大概就是感动。这么多年，我一直都在羡慕别人的父亲，一直遗憾自己没有一个好父亲，看来是错的。因为，我的父亲也是很爱很爱我的，虽然他的爱有点儿搞笑，但也是独一无二的。

　　也正是因为这个感动，我才有了作此文的冲动。

静听清明雨

又是一年清明时，依然雨纷纷。

却不是家乡的雨。

站在他乡的雨里，望故乡，想着故乡此时的样子。

大概是心有灵犀，正当我陷入深深的愁绪之时，妈妈用微信发来一段小视频。望着小视频里爸爸、弟弟还有堂妹扛着花束，拎着祭祖的包裹在雨中慢慢行走的背影，我的眼睛有些潮湿，似有无尽的雨滑落进眼眸。

在小视频的最末尾，我瞥见了卧床的爷爷，心里更添一丝哀伤。去年此时，前年此时，在今年以前的每个清明，爷爷都是亲自带队去山上祭祖的。在我离开家乡以前的每个清明节，都是跟在爷爷身后，听他讲着他的爷爷奶奶，爸爸妈妈的故事。每一次爷爷说的时候，我的脑海里便跟着出现那些温馨的画面。脑海里的爷爷，是个活泼开朗的少年。他的爷爷很爱他，常带他去抓鸟雀。他的妈妈也很疼他，硬是舍不得他去当兵，将他生生从部队里拉了回来。爷爷年年都要说关于他的一些往事，当年参军的歌儿，哪怕他痴呆了，依然能够清晰地唱出来。

以前，听他唱的时候，我都是笑着听的。那时，不曾经历过生离死别，不懂得其中的痛与不舍。而今，再听他唱的时候，眼睛总是热得不行。想到爷爷，我的心里就有一种恐慌，心乱如麻。

旁人总爱安慰我，说爷爷年纪已经很大了，八十多了，即便走了，也是一桩白喜事。我不爱听这样的话，更听不进这样的话。和最亲近的人说自己内心的苦，亦无人能懂。他们都觉得，生离死别乃人生必经的过程。久了，我也只能独自吞饮悲伤了。只得在深夜里，默默地回忆曾经的往事，默默地祈祷。我相信电影《寻梦环游记》里的故事，我相信，只要有人一直惦记着爷爷，他就不会离开这个世界。我更相信，那些离开了我们的亲人，在另一个世界，仍然过着幸福的生活。

飘飘洒洒的清明雨，随着风不停地落在我的头上、脸上。我沉浸在我个人的幻觉里，不愿醒来。

以前的每个清明节，我都是挤着拥挤的公车回到家乡的。每次下车的第一眼，就能瞥见路边那个熟悉的杂货店。杂货店门口，摆满了各种各样的祭祖的花束。爸爸妈妈外出打工的那些年，都是我亲自买祭祖花束的。那时候，总想买好点的做工精美的花，可总是囊中羞涩，只得在自己承受得起的范围内，挑些自己看得上的花束。

那些年，在祖先坟前磕头的时候，总爱默默许愿。祈求他们保佑自己和家人能够一生平安幸福，不要再缺钱花。

那些幼稚却真实的愿望，淹没在轰轰烈烈的似乎永无休止的鞭炮声中。我却始终虔诚地相信，那些愿望都能成真。

我自然懂得，幸福都是靠自己的努力才能换得到的。磕头许愿，是长辈们从小灌输的思想。无论能否成真，试一下总不会有错的。何况，我们那里女孩子可以上山磕头，已经是很幸福了。听家人讲，别的许多地方，女孩子是不可以给先辈们磕头的，结了婚的更不可以。后来，来到了外面的世界，我问了问一些人，果然是真的。有时候，还挺怀念跟着弟弟堂弟们一起越过山丘越过杂草丛去祭拜祖先的时光。

只可惜，而今不仅已嫁人，而且还远离家乡，没了祭拜祖先的机会。

也许，成长便是这样吧。在不知不觉中，总会慢慢地失去些什么，也总在失去之后，才惊觉，原来曾经拥有。

写到这里，我又想起今年过年时卧病在床的爷爷说的一句话，他对料理着他的儿子说："你们现在好好料理一下我，我死了会保佑你的。"想到这句话，无尽的泪水就往出涌。

人活一辈子，究竟为了什么呢？到老了，还得祈求自己的子女好好照顾自己。我不知，一向乐观开朗充满英雄气概的爷爷，怎会微弱地说出这样一句酸涩的话语。

许多个夜里，我都反复琢磨着这句话。我明白，爷爷对这个世界还有许多眷恋，他很热爱这个世界。

但是岁月不饶人，他而今已经老得走不了路，说话也不清楚了。

他再爱这个世界，这个世界上的他的子女再爱他，也无法改变他眼前的处境。

我的爸爸也像我一样，明知这些道理，却始终不甘心。上周，爸爸在朋友圈晒了一张爷爷坐在轮椅上晒太阳的图片，并说，"立下愚公移山志，敢叫生命换新颜"。

我望着爸爸的"豪言壮语"，再看看照片上脸色苍白的爷爷，深感无奈。一种莫名的惆怅又袭上心头。纵有愚公移山志，生命如何能换新颜？

我想哭。

淅淅沥沥的清明雨，下得越来越密了。

我听着这凉凉的雨声，心也凉凉的。

心中，依然是满满的祈祷。

愿这雨，能懂我的悲伤，为我唤来些许阳光，照亮我心中的爱，照暖那些需要爱的老人。

也愿，已逝者都安息。

外婆

　　前不久,外婆摔着了。这次放假,抽出时间后我便立即去她家了。外公有事出门了,正在看电视的小表弟给我开的门。来到外婆房间,她躺在床上,轻声地喘着粗气。

　　看着她满头的银发和苍老的面容,我的心里很不是滋味。以前小的时候,每次来外婆家,外婆总会给我一个大大的热情的拥抱或亲亲我的脸,然后给我端茶倒水,给我准备许许多多的好吃的。那时外婆还很健康,走路稳当,做事也麻利。可现在,她躺在床上,看见我来了,只能回头对着我笑着,然后缓缓地起身,拄着拐杖,一小步一小步地挪动着……

　　我问外婆中午吃饭没,她说还没有,她的腰疼,没法做饭。然后我帮外婆做饭,外婆在一旁坐着。这是我第一次给外婆做饭,她吃得很开心,我也很开心。饭后,我帮她洗碗、晒花生、晒豆子……

　　外婆在一旁边吩咐着我,边称赞着我……对于这些称赞,我实在是很汗颜。我只是给她做了些很小很小的事情,她却热泪盈眶。

　　给她洗衣服被子的时候,外婆一直在一旁诉说着。她说她年轻的时候给那么多人洗过尿布洗过衣服做过饭,没想到到老了成这样了什么都不能干了身边也没有一个人照顾她了。她说她这一辈子省吃俭用穿破衣服破裤子一分钱都不舍得花,都用在后辈们身上了。她说不管她的哪个孩子有困难了她都是第一时间给予他们最大的帮助……

她说着说着便抽泣了,我搓着衣服也忍不住流下了眼泪。人老了就孤单,就容易多想,就孤独了。而我们,却很少会想到花时间去陪陪他们,和他们说说话。

外婆啜泣了一小会儿后,又开始加大力度地夸奖着我,然后,扯到了我的身上。她说,让我好好学习,以后找个好工作,找个好男朋友。说一定要找一个成熟稳重的,千万不要找那种吊儿郎当的。接着,她说,以后我要是出嫁了不能常回来了,一定要记得她,逢年过节有机会一定要来看看她。外婆一字一句地说着,我的眼泪一滴一滴地流着。

我一直觉得,外婆是一个很幸福的女人。她在我心中,一直是个阔太太形象。她这一辈子,几乎都不愁钱花,她总喜欢帮助别人,救济别人。

只是,我没想到,她其实自己这么节俭,将自己弄得这么辛苦劳累。这些我可以理解,这是他们这代人的品质与通病,也是他们的这些好品质才造就了我们舒适闲逸的生活。可是,我不能理解的是,为什么人老了之后就这么可怜。特别是生了病的老人,为什么这么容易遭遗弃。他们和初生的婴儿情况那么类似,得到的待遇却是天壤之别。

外婆在她躺在床上不能动的时候,一定是在思念着回忆着她的儿女子孙们。看着外婆,想着我自己过的生活,我的心中无比矛盾。我的欲望真的太多了,我想要时间看书写文章,也想要时间和金钱出去游玩,也喜欢逛街买许多美丽饰品……在我那么多的欲念中,唯独没有思念苍老的外公外婆,对他们的惦记实在是少得可怜。我一直以为,外婆很幸福,因为有外公一直在悉心地照顾着她的一切。外公在我心中的形象已接近神了，所以我觉得有他在身边，外婆的老年生活很完美。

今天外婆的眼泪让我明白了她需要的不仅仅是金钱和外公的陪伴，还有她所关心过帮助过的每位儿女的依稀陪伴。曾经我很小的时候，最大的快乐便是来外婆家，弟弟也是如此。如今，长大了，去外婆家的念头越来越少，只在"必须去"的时候才去。如果外婆不是摔着了，如果她不是伤心了，我就不会知道她内心的苦痛，就不会明白她对我的挚爱。

从外婆的眼泪与眼神中，我知道了我在她心中的重要性，也知道了人生的另一层含义。生活在人间，不只是为了步步前进追求自己想要的，也需要记得停下脚步想想自己是怎么走到今天的。

弟弟

　　小学的时候,爸妈都外出打工了,我和弟弟交给爷爷养。

　　上了初中后,近七十岁的爷爷冒充五十岁,去武汉做小工,不带我们了,我和弟弟两个人在家里。我读实验班,学业繁忙不堪,一周就只有半天假;而弟弟读的普通班,一周有两天半假。每次放假回家后,弟弟总是做好了饭菜,将家里打扫得很干净,因为有一次,我回家后,他还在附近的小学打乒乓球,我大骂了他一顿。后来只要我快回家了,他不管玩得多起劲,都会在我回之前赶回家里,整理干净屋子,准备好饭菜。冬天的时候,很冷,衣服很多,我的假期实在太短,弟弟直接说他帮我洗衣服,让我多点时间学习。自那以后,弟弟每周都给我洗衣服。

　　2008年的时候,下了一场很大的雪,屋顶积雪很厚,我周六下午放假回家后发现弟弟一个人在楼顶铲雪,他将雪一铲一铲从楼顶往下倒。我见了,立即跑上楼顶,去帮他。他说他自己能行,说我是女生,干不了这,让我下楼去休息,以免冻病了。和他说了会儿话后,我便下楼去了。现在想想,那时弟弟才读初一,那么小,怎么那么懂事呢?我那时初三，怎么就那么理所当然地接受了弟弟的所有关怀呢？弟弟对我的体贴与关怀，或许是我这辈子得到的最大的幸福与温暖吧。

我读高一的时候，弟弟读初三。他太过贪玩，一会儿也在教室坐不住，读的是学校的艺术班，名为艺术班，实际不过是放羊似的班，纪律松散，学风更不必说。读了半年，一天，弟弟突然跑回家说不读了。任凭妈妈和我怎么劝说，他都说不读了。并且，他还向妈妈承诺绝对不后悔。第二天，他便一个人去学校扛回了自己的桌椅和一些生活用品。第三天便一个人背着行囊上北京去了。

那时他14岁，是他第一次离开家乡，第一次离开县城，出远门。他身上只带了200元钱，没有手机，前途一片渺茫。在熟人的介绍下，他只身在北京的一家东北人开的包子店当学徒。学了两个月，吃了两个月的包子，起了两个月的大早，没有一毛钱的收入，没离开包子铺一次。可是突然有一天，包子铺老板的儿子看到弟弟身上有一百元钱时，一口咬定那钱是弟弟偷的。弟弟解释了许久，眼泪都要冒出来了，老板一家还是不相信弟弟，硬说他是小偷。弟弟一怒之下，把老板那高大强壮的儿子推倒了。接着，他们打起来了。老板见状，扯开了他们，说相信弟弟。可是这时，弟弟决定不再在这里干了，他要放弃这个待了两个多月的地方，这个放弃不似放弃读书那么让他心情愉悦，这个放弃让他的心遭受了一次巨大的打击。那个包子铺的老板不给弟弟工钱，说他学会了就走，老板还故意装出十分气愤的样子。就这样，两个月的付出只是一场经历，一场经验，一次教训。

辞去了包子铺的工作，他又去跟别人学油工手艺。这是一个又脏又累的活。每天五点左右起床，给别人买菜做饭烧开水，还要给人盛饭倒水，还要随叫随到，还要自己把握机会学知识，还要洗碗，还不能有怨言。这样的日子过了三年，弟弟终于出师了。

他的技术也学得很不错了，闯出了一点点小名声，得到了许多人的尊重，也给父母、给家人增添了许多欣慰。弟弟从挣的第一份工资起，就毫无保留地交给妈妈，自己只在工地吃喝，住工棚，天地为家。不管什么时候，只要我经济有问题，弟弟都会第一时间给我打钱，毫不吝啬。他从不在乎我花他多少钱，却每次都会问我最近过得好不好，心情好不好。

暑假的时候，弟弟说和工友们十几个人在一个大房间里看《叶问》，他说里面韩雪主演的那个人就像我，推荐我看。直到现在，我都没有时间去看。弟弟曾经说我像李小璐，说我像韩雪，等等。其实并不像，只是在弟弟眼里，见到了他欣赏的女子，都莫名地当成了我吧。没有读多少书的弟弟一个人在外面闯荡快七年了，这七年，他过的是怎样的生活我无法想象。但是，这七年里，他成熟了很多，改变了很多，懂事了很多。

他懂得关心家里的每一个人了，懂得处处为妈妈着想了，懂得不再遇事就消极沮丧了。弟弟离开家门的时候，还是一个调皮捣蛋的小孩子。这七年，每年在家待了只是过年那一个月，其余所有时间都是一个人在外面艰苦地闯荡着。他的眼神已不再纯真，带着些许红血丝，带着些许凶狠，但是我一点也不害怕，我明白，这都是生活所迫。

和弟弟相比，我感觉自己就像生活在天堂。大多时候，我都是自由的，我可以随心所欲地做着自己喜欢的事，想笑就笑，想哭就哭。我可以每天在知识的海洋中体会酸甜苦辣的人生，可以了解各种各样的生活方式，可以看到各样奇妙玄乎的事情，可以享受到许多精神的慰藉。而弟弟，每天都重复着替别人装扮房子。一个个丑陋的毛坯房在他们的精心装扮下，变得精致漂亮后，他们立即辗转另一个战场。

和弟弟同龄的人大多数都还在读书，享受着美好单纯的生活。弟弟却从来不知道大学是什么情况，也根本不会知道大学的生活是怎样的芳香。

初中都熬不下去的弟弟，绝对也不可能喜欢雨打风吹的生活。但是，他没有退路了，为了活下去，他只有坚持，他是一个男孩，他必须信守承诺，闯出一片天。然而，男人的世界中少不了争斗，弟弟在他那混杂的人际圈子里，脸上留下了一条小小的因打架造成的疤痕，他为此懊恼苦闷了很久很久。曾经一直想尽法子想要整容。后来，在我的细细劝说下，他终于放弃了整容的想法，终于接受了那块本就不明显的疤。我知道，不是我的劝说起了作用，而是，他更加成熟了。

他一直在挣钱、存钱，自己却从不肯多花一分钱。我不能想象是怎样的经历塑造了他现在的成熟稳重。他从小就缺少大人的教导，没想到会比我们这群受过众多教育的人成熟得更早更好。

曾经脏兮兮的流着鼻涕的整天钓鱼游泳捕蛇抓知了的弟弟，如今已经变成一个精神抖擞眼神锐利干活麻利的大男孩了。

现在，只要我和弟弟走在一起，村里的人总会说："你的哥哥真懂事，真是个好孩子！"

我总会苦笑着说道："他是我的弟弟。"

恩师难忘

  一位于我有恩的老师，阔别近十年。一直惦念，却一直没有联系。
  昨日，一个偶然的机会，有了老师的联系方式，加了QQ。通过QQ聊天，又加上了微信。
  老师也记得我，简单的几句聊天温暖愉悦如当年。老师依然在我初中就读的那个学校教书，我没有问他的近况，大概是因为我认为，天下老师的生活都是差不多的吧。老师也没有和我说他的近况，只是感叹，他已迈入老年。我笑说，退休后才是人生的开始。
  接着，老师问了我的一些情况，说我给他带了几重惊喜。这让我觉得有些温暖，也十分感动。
  闲聊了一会儿，我们便各自忙各自的琐碎事情了。
  晚上，老师给我发微信，说：没想到你在文学的路上已经走了这么远。
  原来，老师花了几个小时的时间，仔细地读了我写的许多篇文章。
  我苦笑了一下，说我占据了老师太多宝贵的时间。老师却说，我的文字很有趣。

感动之余，我本想说，这是源于老师对我有所偏爱，所以觉得我的文字有趣。终究没有说出来，只是回复老师说，我的文学爱好源于老师。

确实，初中时的我，本不是那么热衷于文字的。只是，这位老师，不知缘何，特别喜欢在全班同学面前读我的作文。几乎篇篇都读，时隔近十年，我依然清晰地记得高挑瘦弱的老师朗读我作文时的神态。他每次都读得很专注、很投入，让少不更事的我，以为自己的文字真有那么大魅力。慢慢地，我知道老师会读我所有的文章，为了保证自己文章的"质量"，我倒是把所有的课余时间都用来看书了。我写《雪花中的背影》的前一晚，构思了一整夜，所以课堂上，一气呵成，很快就完成了。老师一看到这篇习作，就大肆夸奖了我一番，然后津津有味地当着全班同学的面朗读了。大概，其余同学都早已忘记这些事情；而我，却永远记得。

后来，上了大学，我按着当年的回忆，补写了《雪花中的背影》。这篇文一发出来，就获得了江山文学网快乐永远社长的青睐。后来，我又将这篇文投稿给"冬歌文苑"微信公众号，然后被《云梯关》选中，刊发。那时，我才明白，原来只要用心了，文字就能发光，也因此，我开始怀念有恩师相伴的日子。

不过，成长的路上难免会孤独，没有人会永远陪着自己。慢慢地，我学会习惯孤独，习惯与文字相伴。

今夜，老师说他又读了我的一些文章。他说我的文章美文偏多，曲高和寡，属于纯文学；并说，当今社会，没多少人会欣赏纯文学，而且我的文学圈子又太小。我说，我不太会交际，也不热衷于结交，所以没多少可靠的人际关系。

老师又问我有没有把文字当作第二职业的打算。我说还是当作业余爱好比较好，顺其自然就行。

接着，老师又说，以我的天赋，写点作文指导和语文学科时评之类的文字，会比较吃香。

我说，我不喜欢迎合别人。

老师说，这是商业社会。

我说，我不愁吃不愁穿，还是让文字世界保留一份纯洁吧。

老师说，清高，大概就是文艺青年的可爱与有趣之处。

老师给我发了一个微笑的表情。

我亦以微笑回之。

我知道，老师说的所有都是出于对我的关心和爱护，我也尊重他对我说的所有；而且，我对他永远心存感激；没有他就没有我的现在。虽然我的现在很不起眼，但至少能够做到我手写我心。

文字这条路，我已经踏上了，并会一直前行。能走多远就走多远，能到达哪里，就去向哪里。

我想，无论怎样，我的这位恩师，都会支持我的。我很庆幸，有生之年，能遇上这样一位恩师。

爬满虫子的栀子花

　　雪魄冰花凉气清，曲栏深处艳精神。
　　一钩新月风牵影，暗送娇香入画庭。

——〔明〕沈周

　　昨天傍晚，我种的栀子花露出了洁白的花苞。
　　今天一早，花儿已经悄然绽放。我欣喜地跑到它的跟前，想闻闻香不香。鼻子还没凑过去，入眼的竟是六七只细小的虫子，在花瓣上爬来爬去。一脸愕然的我不敢再靠近了，只能眼睁睁地看着虫子们欢快地活动着。期待已久的花开，就这样在心里落下了帷幕。
　　想起读小学的时候，有一次，我得了麻疹。医生说要在家关几天，不能吃油腻的，不能吹风。于是，那几天我几乎都待在床上，房门与窗户紧闭着，妈妈还帮我挂了蚊帐，让我待在里面不要出来。甚至连吃饭都是在床上，生怕一出门就会留一身的疤。
　　那时，身边连一本课外书都没有。关在蚊帐里，只能发呆，只能胡思乱想。每到傍晚的时候，窗外就格外热闹，那是小伙伴们放学回来了。他们的喧闹声牵动着我的神经，我依着他们的笑声在脑海里幻想着他们此刻正在玩什么小游戏。

想着想着，偶尔会觉得失落，感觉自己被他们遗忘了一样。事实上，心里明白，麻疹会传染，就算别人要来，我也不会见的。然而，明白归明白，失落归失落，二者似乎并不相干。失落，大概就是一个独处的寂寞的人难以逃脱的情绪吧。

时光缓缓地流动着，从清凉的早晨到炎热的中午，再到热闹的黄昏。一天的时光像有一年那么漫长，我只能静静地躺在床上，等着麻疹的消退。

没想到的是，在我关在家的第四天傍晚，有一个小伙伴笑着冲了进来，他的手里还拿了一把栀子花。

他一进来，就将栀子花放到了我的床上，并对我说，他家的栀子花特别香，希望我也能闻闻。

说完，就像只兔子一样跑了。

床上散落的栀子花的香气也跟着跑了起来，跑进我的鼻子，跑进我的肌肤里。清新的香味，像月光一样，洒满我的心间。

我拿起一朵栀子花，细细端详起来。它长得与玫瑰、月季这些花差不多，只是玫瑰、月季都有着鲜艳的颜色，还都带着刺，而它却一身洁白，摸上去柔软细腻，让我觉得很温和、素净。

我也瞬间明白，为何农村人都忌讳头上戴白的，却不避讳戴栀子花了。大概是它的香气消除了白色在人们心中的魔咒，又或许它的纯洁淡雅打败了人们心中的杂念。

每年栀子花开的季节，村里的女性，不分年龄，都喜欢在头上戴朵栀子花，有的不仅头上戴着，还在胸前用别针别一朵栀子花。有的人家没种栀子花，就会去左邻右舍讨要。那时，我家也没种，我经常去朋友家摘带着花苞的栀子花枝回来，然后弄个玻璃杯，里面盛点水，插上栀子花枝，静候花开。

花开之后，满屋芳香馥郁。夜里，夏天的风一吹，那香味像雪花一样，带着丝丝清凉。那场景，那意境，颇似明代画家沈周的《栀子花诗》："雪魄冰花凉气清，曲栏深处艳精神。一钩新月风牵影，暗送娇香入画庭。"

回想着那段时光，栀子花那沁人心脾的香味仿佛跟着这些美好的回忆又扑进了我的躯体里。我闭上眼，久久地沉醉其中。

不得不感叹，时间过得真快啊。一眨眼，我至少有十几年没有见过家乡的栀子花了。年少时那个给我送栀子花的男孩，我在镇上刚解封的第二天碰到过他，可他已经不认识我了。我笑着向他示意，他都没看到。一丝小小的遗憾涌上心头，我知道，是时光改变了我们的模样。可我，会一直记得那年他送我栀子花时笑靥如花的样子。

我忘不了那段时光，忘不了那几朵栀子花。它们就像它们四季常青的叶子一样，在我的心中永远绽放着。我更忘不了那几朵栀子花的香味，它像一股清泉，洗涤了我当年那颗脆弱又伤感的心。

"可能是没打药才有这么多虫子吧！"婆婆的话语将我从回忆中唤醒。

我再次凝望了一眼眼前的这朵爬满虫子的栀子花，感觉眼前的画面好像张爱玲所说的"生命是一袭华美的袍，上面爬满了虱子"。这些"虱子"，居然吸食了鲜花的香气。

我轻轻地叹了一口气，感觉长大了的生活，就如这爬满虫子的栀子花。虽然渴望自己洁白如玉，芳香四溢，却避免不了各种各样的虫子的侵害。

再一想，谁的人生不经历点风雨呢？"宝剑锋从磨砺出，梅花香自苦寒来"，越是美好的事物，经受的考验就越多。印度诗人泰戈尔也说"没有流过血的手指，就弹奏不出最美丽的乐章"。

眼前的栀子花上面虽然爬满了虫子，但它不照样开得这么美吗？

看似柔美的栀子花，它的花语却是"坚强、永恒的爱"。它的花苞从冬天开始孕育，到第二年的夏天才盛开，这份坚韧又岂是几只虫子就能打败的？

我轻轻地用手拂去了花瓣上的虫子，就像拂去了心头的尘埃。花看着清爽了，我的心也跟着泛起了亮光。

一朵花尚且不怕风雨，不怕恶虫，我们又何惧生活中的那些坎坷与磨难呢？

喧闹的红色瀑布

只要阳光常年有，春夏秋冬，都是你的花期。

——舒婷《日光岩下的三角梅》

第一次见到三角梅，就觉得它很美。细细端详，那三片花瓣，宛如三片红色的叶子，围成一个三角形的模样，包裹着一支精巧的黄色小花蕊，若不是旁边还点缀着一点绿叶，我真觉得这花瓣就是红色的叶子。

都说绿肥红瘦，在三角梅这里，却是红肥绿瘦。无论远看还是近观，入眼的都是热烈的红，那稀稀疏疏的一点绿叶，不仔细看，很容易被忽略掉。难怪诗人舒婷在诗中这样形容三角梅："是喧闹的飞瀑，披挂寂寞的石壁。"那垂挂在石壁边缘的三角梅，就像飞流直下的红色瀑布，美丽乍泄。

三角梅在南国很常见。几乎一出门，就能随处见到它。小区门口的石墙上有很大一株三角梅，它们悬挂在半空中，像一个个顽皮的孩子，好奇地猜测着接下来的命运；马路中间的绿化带里也种了三角梅，它们被人工修剪得整整齐齐，一株挨着一株，像一个个正在军训的新生，抬头挺胸，满眼虔诚；芙蓉嶂水库里也有很多三角梅，它们有的绽放在那清澈的水边，有的绽放在乱花丛中，还有的被安放在了盆子里；花都湖公园里也有许多三角梅，它们都是园丁们精心培育的，与其他的一些五颜六色的美丽花儿相互交错着……只要有花儿的地方，就能找到三角梅的影子。因为太过于常见，所以常常被人忽略。

我初来花都的时候，住在广东行政学院附近，那里有夜市，有很多卖小吃的，我常常和朋友们下班后去那里吃麻辣烫。去的路上，有一个工厂，工厂的门口，长着一株两三米高的三角梅。那个工厂有点破旧，进进出出的都是穿着厂服的工作人员，他们看着很忙碌。而盘踞在厂门口的那株三角梅，却显得格外悠闲，无论是蓝天白云晴空万里还是乌云密布大雨滂沱，三角梅都在那红艳艳地开着，潇洒地随风飘舞着，与那些脚步匆匆的人形成了鲜明的对比。每次路过，我总会抬头凝望几眼。我想，这么美的花，不亚于湖北麻城的杜鹃花，为什么以前就从未听说过呢？

后来，也许是因为那株三角梅长得太茂盛太占位置，那个工厂将它给砍掉了。我再次途经那里的时候，目光里少了那一抹灿烂的红，竟觉得有些失落。世人都说草木无情，可是这么好端端的一树花，就这样被人破坏了，是谁无情呢？

继续往前走，就是广东行政学院了。学院外墙的黑色栅栏上也爬满了三角梅。它们像丝瓜藤一样，蜿蜒在一根一根的栏杆上，风一吹，就肆意地舞动着叶子，像极了校园内那一群富有活力的青年。

每次看到这样的场景，我都忍不住跑过去，站在那一簇簇火红的花下，感受着它的娇艳与热情，然后用手机拍照、拍视频。

在我眼里，这些看似张扬的三角梅，有着别具一格的美。它不仅能开在公园、路旁、墙头，甚至工厂门口、石头缝里，还能开在寂寞的峭壁上，开在幽静的深山中。只要有它在，再冷清的地方都不冷清了，再寂寞的地方都不寂寞了。

我喜欢三角梅，它就是我心中的女神花。前些天，我去芙蓉嶂水库玩的时候，无意间看到水库大门的峭壁上有很大一团三角梅，它骄傲地绽放在峭壁的半腰上。陪伴着它的，是无边的绿。那是一些青苔与野草，由于没有人打理，疯狂地生长着，长满了那一大块石壁，与水库的山水交相辉映着。那团三角梅就盛开在那片布满野草的绿中，好似一个如花似玉的姑娘，傲然挺立在一群年轻的小伙子中间，放浪、美丽、骄傲地享受着他们的垂涎。

这一幕，让我不得不惊叹，本是一片荒原，因它的存在，瞬间充满了活力，充满了灵魂。

而且，三角梅喜欢阳光，只要有阳光，四季都会开花。与其他花儿比，它不娇羞，也不高贵，但是活得潇洒、自由。它在哪里，哪里就热闹了。

这样的花儿，怎会不招人喜欢呢？

蜂蜜香

今年过年在老家待了两月有余。

来广州的前一天,我去了一趟外婆家。

到外婆家的时候,她正坐在门口晒太阳,脸上有一大块红肿。

我忙问怎么了,她说外公摇蜂蜜的时候蜜蜂飞过来蜇的。她说得云淡风轻,我听得胆战心惊。脸肿那么大,这是被咬了多少口啊!

望着她肿胀的脸,再看看她满头的白发,我心里很不是滋味。她却因我的到来很兴奋,赶紧起身准备为我倒蜂蜜水喝。

我极力阻止了她,说不喝,要喝待会儿自己倒。外婆腿脚不便,加上脸上、手上都被蜜蜂蜇了,就不像往常那么执拗了。她说,"你外公现在在村子里和人唠天呢,我去把他找回来。"

她晃晃悠悠地离开后,我环视了一下四周,心里空落落的。

眼前的一切都那么熟悉,我能停留于此的时间却越来越少。

小时候,经常来外婆家,喝的第一口水永远都是甜甜的蜂蜜水。因为外公教书之余,养了二十余箱蜜蜂,只要来他家,就能呼吸带着蜂蜜香的空气，就能品尝甘甜可口的蜂蜜水。而且，外公外婆总会在一旁笑眯眯地看我喝完，然后问还喝不喝。

一晃这么多年过去了，外公外婆的青丝都已变白发，唯有他们养的蜜蜂依旧在耳边嗡嗡……

这时，外公回来了，他的脸也被蜇肿了。我忙问擦药没，他笑着说，他和外婆被蜇习惯了，早就有了抗体。这点肿，算不上什么。

听了外公的话，我有点难以置信。且不说蜜蜂一口一口地蜇这么多次该有多痛，单是那肿肿的脸、肿肿的手看着都让人觉得痛啊。

"真的没事，家蜂没有毒的，而且还可以治疗腰疼呢。以前我腰疼，专门用蜜蜂去蜇，蜇几次就好了。"外公笑着说。

"那我之前也腰痛过，是不是也可以找蜜蜂蜇蜇？"我的话刚出口，脑海里就浮现被几只蜜蜂蜇腰的画面，还想起外公曾经在钓鱼时被蛇咬了之后，自己瞬时撕下一块衣服把伤口紧紧捆住，再捡个玻璃片把那块被咬的肉挖了下来……我想，我没有外公的那种壮士断腕般的勇气，赶紧收回了自己的话，说道，"我的腰已经好了。"更何况，我脚板里曾经扎进去一根刺，导致化脓，外公一发现，就赶紧找个刀片给我生生地剜去了那块腐烂的肉……那记忆，还有我那喷涌的眼泪，至今仍历历在目。

外公看着我微妙的表情，笑而不语。于是，我趁机岔开了话题，聊起了新冠肺炎的事。聊到出门要绿码的时候，外公问我什么是绿码。我只得苦涩地摇摇头，大舅插嘴说道："这个你不懂，就别问了！"

闲聊的时间总是过得很快，一眨眼我就该回去了。外公问我要不要蜂蜜。我说："前几天才给了，还没喝完，不要了。"

"蜂蜜是好东西，可以多带点去广州喝。"

"是槐花蜜吗？是槐花蜜我就要。"

"槐花都还没开呢，现在哪有槐花蜜呢？"

"那我不要了，下次有槐花蜜我再拿点。"

106

素来寡言的外公，竟然劝说了许久，想要我多拿点蜂蜜，可是我坚定地拒绝了。一是因为我家里确实还有很多以前他给的蜂蜜没喝完，二是因为他摇蜂蜜实在太辛苦了，我不愿拿走太多。

外公外婆都是很善良的人，他们一起养了大半辈子的蜜蜂。我小的时候，他的纯蜂蜜卖8元一斤，每次蜂蜜一摇出来，很快就被慕名而来的人买光了。直到最近几年，物价猛涨，外面超市的蜂蜜价格很昂贵，外公又在店里买了统一包装的瓶子，他的纯蜂蜜才开始卖20元一斤。这个价格，其实依然很便宜。有一次，我问他，为什么卖这么便宜？外面超市同样分量的，至少60元以上，还没这么纯。外公笑着说，农村的人收入低，卖贵了他们买不起。听了他的话，我很感动，觉得他真是个好人。宁愿自己受苦，被蜜蜂蜇，也不愿多挣别人一分钱。

我曾目睹过他养蜂的艰辛。

那是一个炎热的夏天，有一个蜂箱的蜂王跑到了他家房子旁边的一棵很高的树上去了。蜂王去那了，那一箱的蜜蜂也跟着去那了。外公望着树枝顶端的那一团黑黢黢的蜜蜂，笑着说，"没事，我搭个梯子上去把蜂王抓下来，其他蜜蜂自然就会乖乖地回来了！"

只见他很快就戴着防护面罩，搬来一个大桌子紧贴着大树靠着，桌子上面放一个高凳子，高凳子上面再放一个小点的凳子，小凳子上又放一个长梯斜靠在树上，外婆用手紧紧地按着凳子和梯子，一切妥当后，他拿着一根顶端带网的长竿，爬上了凳子，登上了梯子，一步步向树顶靠拢，向那一团紧紧环抱在一起的蜜蜂靠拢。

那时我还小，外婆让我跑远点，免得被蜜蜂蜇到。

我尝过被蜜蜂蜇的滋味，赶紧一溜烟躲跑进了屋内，然后上去二楼，透过窗户看外公抓蜂王。

外公的动作很熟练，显然这不是他第一次经历这种事了。

当他到达梯子顶端的时候，就用竹竿一层层地驱赶开那些蜜蜂，动作很轻柔，生怕伤害了哪只小蜜蜂。可是，外公有情，他养的那些蜜蜂却不认识他，有很多只蜜蜂飞过来蜇他。然而，外公镇定自若，依然不慌不忙地挥动着竹竿。我心弦紧绷地目睹着这一切。最后，蜂王终于出现了，外公像捕知了一样，动作敏捷地将蜂王收入笼中，然后以最快的速度下了梯子，将蜂王送回蜂箱。

神奇的是，蜂王一回来，成群的小蜜蜂也跟着嗡嗡地回来了。这画面，颇似擒贼先擒王啊。不过，用贼形容蜜蜂不合适。何况，蜂王是雌性的，它还有个名字叫"蜂后"。原来，是一群雄性蜜蜂围着一个雌性转，这蜂后简直就是集万千宠爱于一身啊。我美美地幻想着，感觉蜜蜂的世界很是奇妙。最奇妙的莫过于《蜜蜂引路》这篇课文里的故事了，那时，没领会透彻课文的含义，傻傻地想："聪明的蜜蜂既然会给人带路，为什么还要蜇自己的主人呢？"

而今，明白了其中的缘由，快乐反而少了许多，难怪人们爱说"糊涂难得，难得糊涂"啊！

成长，虽然收获了许多东西，但也失去了很多东西。对于孩子来说，长大最残忍的事情就是看着自己的至亲慢慢变老，老到让你看一眼他们的脸就想流泪。

那天，我离开的时候，白发苍苍的外公外婆并肩站在村口，目送着我。村旁的油菜花田里成群的蜜蜂嗡嗡地叫着，油菜花香与蜂蜜香交织在一起，在阳光的烘烤下散发出迷人的香味……

这是我永远也忘不了的独特的香味。

曲终人散

  这些天，只要有空闲的时光，我就会掏出手机，戴上耳机，打开音乐，单曲循环播放张宇的《曲终人散》。张宇的声音成熟而带着沧桑，唱出了这首歌的韵味，我听着这样一个凄美的故事，反反复复，每一次，都会跟着歌词步入其中的画面，微微地心醉，微微地心碎。

  此刻，在温柔的灯光下，在凉风的轻轻吹拂下，我听着这首歌，写出了我看到的画面：

  当他将那枚精巧的戒指轻轻地套在你柔软的手指上时，我躲在人群里，看着你穿着洁白的婚纱的美丽容颜，那曾是你许诺只穿给我看的，你说你要做我今生最美的新娘，可是，现在的你穿着婚纱却做了别人的新娘，我连祝福你的勇气都没有。

  我悄悄地吞饮了一口酒，看着那小小的戒指是如何圈到你的手指上的，穿着婚纱戴着戒指的你是那样娇羞迷人，你曾说你今生最大的期望就是穿上婚纱站在我面前，你说你一定会激动地落下无数感动的泪水。

  而今，你穿上了梦寐以求的婚纱，站在了离我不远的远方。我看着你脸上划过一抹流星坠落般的苦涩，我看着你伪装的优雅端庄的笑容，我看着你的眼角微微投向我的那一抹亮光……

我悄悄地低下了头，不想让你看见那荡漾在我眼眶里的圈圈涟漪，不想让你瞥见我悄然生长的胡须。

我曾许诺给你一个盛大而欢乐的婚礼，你曾笑眯眯地与我紧紧相依。

我曾经是那样地爱你，你也曾那样地迷恋着我。

我们像一对长不大的孩子，你说你要永远的浓情蜜意，我说我会给你永恒的蜜语甜言。

你笑嘻嘻地要和我拉钩，说骗人的是小狗；我牵起你的手，与我十指紧扣。

你握住我的手，像只温柔的猫儿靠在我的胸口，不发一言地诉说着无尽的爱怜……

我握着你的手，轻轻拨弄着你飘着淡淡香味的柔发，对你许诺着这会是永远……

眨眼间，我们都离开了彼此的视线，再也回不去从前。

尽管你我之间彼此都有着无尽的眷恋，可一旦走远，就再也找不到当初的缠绵，唯有一幕幕的伤感缠绕在心间。

你不止一次地哭着回到我的身边，我不止一次地为你擦干脸上的泪痕。

可是，爱真的已走远，不管怎样，我们都无法挽留。

当我哽咽着对你说我再也不能爱你了的时候，你不知道我的心中当时犹如有千万把刀在割；当我为你擦去你那如泉水般喷涌的泪水的时候，我的手在颤抖，我的心在流血。

我知道，你比我更痛。

你一言不发地推开我的手，然后笑着对我说，在以后没有彼此的日子里，都要记得坚强，记得幸福。

在你转身离去的时候，我突然记起，你曾傻笑着对我说，你永远都不想学会坚强，因为，一旦坚强了，就代表着不需要呵护不需要爱了。

你若坚强了，怎么会幸福？你都不幸福，我怎么会幸福？

你我的回忆不停地在我的脑海里放映着，我痛得快要无法呼吸，任凭千万滴泪水漫出我的眼眶，淌进我的嘴里，滑入我的心底。

你和他拜完了天地，换上了大红的花衣，出现在酒席。

你轻轻地挽着他的胳膊，跟着他在酒席间穿行着，你的美丽犹如散落了一地的珍珠，由他悄悄拾起。

我看着他深情款款地望着你，想着也许他比我更适合你，至少，他不会惹你生气，不会让你过于操心。

我鼓起巨大的勇气，想要对你说一句，祝你幸福。可是，怎么也开不了口。

我只得坐在那里，低着头，不断地饮着酒，一口一口又一口……

突然你出现在了我的身后，紧紧地拉住了我的衣袖，告诉我以后不要再饮酒，然后便松开了手，跟着他继续远走……

我连对你说一句祝福的勇气都没有。

我想，这就是曲终人散过后的那份寂寞吧！寂寞将我紧紧地抱住，和我一起忍受着内心的那份伤心。

"我隐身在热闹中，跟着所有人向你祝贺的时候，只有你知道我多喝了几杯酒。我不能再看你，多一眼都是痛。即使知道暗地里你又回头。我终于知道曲终人散的寂寞，只有伤心的人才有。你最后一身红，残留在我眼中，我没有再依恋的借口。原来这就是曲终人散的寂寞，我还想等你什么。你紧紧拉住我衣袖，又放开让我走，这一次跟我彻底分手。"

你我，彻底分手。

雪花中的背影

冬天的空气像冰刀一样，寒冷刺骨。方宇坐在教室里，冻得瑟瑟发抖。他的手因为早起参加学校的晨跑而生了冻疮，可是他还是得继续将受伤的手背裸露在冰冷的空气里，任由刀割一般的疼痛侵蚀着他的肉体。

这点疼痛，在方宇眼里根本不算什么，所以尽管他的手在流着脓，可他依旧能够聚精会神浓眉紧锁地读书写字。

他是老师眼里的尖子生，也是学校重点培养的优秀学生。他经常得到老师们的表扬，可是他的嘴角从不曾有过一丝的微笑。

他总是一个人，默默地坐在自己的座位上，看书、写作业，从不主动和人搭讪，别人也很少搭理他。

一天上午，天空灰蒙蒙的，空气仿佛都凝固了，让人觉得沉闷无比，压抑无比。

不一会儿，天空中便洋洋洒洒地飘起了鹅毛大雪。那一片片洁白的雪花像一只只白色的玉蝴蝶，从天空中降落到人间……

只见天空中旋转着的"玉蝴蝶"越来越密集，她们的舞蹈也越来越急促……

　　方宇在上语文课的时候，不知不觉地将目光瞥向了窗外。

　　那一朵朵精灵一样纯洁的雪花，一步步地从天空来到人间，她们肯定是带着无限的喜悦而来的。

　　方宇看着窗外疾舞的雪花，入了迷。看着那些单薄的雪花在阴冷的寒风的肆虐下，仍能够从容地哼着歌儿跳着舞儿，哪怕是即将要落到脏兮兮的地面化为一滴浊水，她们也毫不在意，只是尽情地享受着这一份飘舞着的惬意。

　　北风呼啸得越来越歇斯底里，雪花舞动得也越来越带劲。北风化为一道道龙卷风似的旋涡，雪花便跟着做三百六十度的花样变幻……

　　看着这一片片柔弱的雪花在大风中坚强地舞蹈着，方宇的眼前突然亮了，他突然觉得不冷了，反而充满了力量……

　　他将手紧紧地握成一对拳头，暗暗发誓，无论生活多苦多难，他都要像这雪花一样，敢于面对，敢于变幻，即使是牺牲自己的生命，也要勇敢地闯一闯……

　　想到这里，他不禁又对风中飘舞着的雪花肃然起敬。他将目光再次投向了窗外，不知不觉间，窗外的世界已不再灰暗，它已悄悄地被这群可爱的雪花精灵打扮成了一个银装素裹的亮丽世界了！

　　方宇的嘴角划过一丝快乐的笑容，可眨眼间，这丝快乐的笑容便消失得无影无踪，反而被一种忧虑、一种惊愕、一种迷茫取代。

　　他呆呆地望着窗外，只见在离他教室不远的一块空地上，站着一位妇人：她身材矮小，面色蜡黄，目光呆滞，头上戴着一顶大红色的半旧针织帽，身着和身材完全不符的宽松旧棉袄，那棉袄上，赫然打着几个补丁，在雪花的映衬下，显得格外引人注目。可是妇人毫不在乎来往学生对她投射的复杂的目光，她只是呆呆地站在雪地里，右手紧紧地拎着一个大麻布袋子，左手抱着一个自制布袋子在胸前。

她一会儿看看左手环抱着的布袋，一会儿目光深情地瞥向方宇的教室……

雪，一片接一片地哗哗哗地坠落，染白了妇人的帽子，沾湿了妇人的睫毛，点缀了妇人身上的补丁，却始终没有一片雪花能够溜达到妇人左手环抱的那个布袋子上……

因为，妇人一直紧紧地环抱着那个布袋子，像一位慈爱的母亲抱着自己的孩子一样，呵护备至，生怕它受到雪花的侵袭……

看到这一幕，方宇的鼻子酸了，眼眶红了，滚烫的液体在他的眼中盘旋着……

要不是他在读初三，要不是他还没有放学，他早就冲出教室，奔向他这平凡而伟大的母亲了！

方宇看着母亲在风中的沧桑模样，心疼不已……

在焦急的等待中，老师终于说了下课！

方宇健步如飞，第一个冲出教室，朝着母亲的方向跑去。

可当他快要跑到母亲身边的时候，母亲却匆匆地躲到空地旁边的一处角落里了。

方宇迅速追了上去，开心地问道："妈，你怎么来了？"

家离学校特别远，下这么大的雪，路上没有车，妈妈肯定是步行过来的。

想到这里，方宇一阵感动，又一阵心酸。

"来，这布袋子里是我给你带来的饭菜，还是热的，你赶紧趁热吃了！这个大布袋子里是一床厚被子还有一些冬天的衣服，你要多穿点，晚上盖好被子，注意保暖，别着凉了。"方宇的妈妈看着他患了冻疮的手，怜惜地说道。

"嗯，妈，你放心，我会照顾好自己的。这里冷，你跟我一块儿去宿舍坐坐吧！"方宇笑着说道。

"啊！？不……不了……我还有事，我先回家了，你赶紧把饭菜趁热吃了吧！"母亲听了方宇的话，慌张不已，又是捋头发，又是摸摸脸的，胆怯羞涩得像个小女孩。

方宇知道，母亲是想去他宿舍看看的，于是，便拉着母亲往宿舍走。可是，母亲却狠狠地挣脱了："我这形象，去了，怕给你丢脸……"

"妈，你这是什么话呢？不会的，跟我走吧！"

"不不，家里的猪还没喂呢！我得回去了！你在学校好好照顾自己！"说完，母亲便匆匆地离去了。

方宇一手握着还略有温度的饭盒，一手拎着大麻布袋子，心乱如麻……

他注视着妈妈在大雪里渐渐消失的佝偻的沧桑的背影，红了眼眶……

当雪花淹没了母亲的背影，他依旧站在大雪里，对着雪地上母亲留下的深深浅浅的脚印发着呆，任由雪花在他的身上搭巢筑窝……

而方宇的妈妈，想起刚刚宿管阿姨对她说的那些话，泪流满面……

她知道，儿子的宿舍里，只有他的东西最简陋、最破旧……

直到这大冬天，他还只铺着凉席，盖着单被……

"方宇这孩子可真有爱心，有个孩子在学校冻病了，他立即将自己的被子奉献出来了，真是难得的好孩子啊！……"她一边感动着，一边心疼着……

她知道自己的儿子不会嫌弃自己，可是，她也知道，孩子毕竟是孩子，需要足够的面子……

当她在雪地里等方宇的时候，遭到了好几个小孩的嘲讽，说这是哪来的叫花子……

所以，像她这样一位不能给孩子最基本的温暖的贫寒的叫花子一般的母亲，怎能欢笑着和儿子一起在校园并肩，遭人注意，然后让孩子被嘲讽呢？

　　还是尽快离开的好，想到这里，妇人又加快了步伐……

　　雪花也下得越来越疾，似箭一般地匆匆射向大地……

感情，不是感恩

前些天，我和一位朋友在一个菜市场门口坐着休息。坐在我旁边的是一位修鞋女，看上去接近五十岁的样子。没想到，我们刚刚坐下来，她就主动和我们搭讪起来。得知我们是教师后，她笑了，露出她长得极为参差不齐的牙齿，说她的小孩在老家读书，马上要读六年级了。

我问她怎么不把孩子带在身边读书，她微笑着说孩子来这边他们没有时间带，还是留在老家比较好。

简单地聊了几句后，我们就各忙各的事情。

她修鞋的工具只有一架简易的机器，还有一大包修鞋所需的琐碎物件。那个修鞋的机器油腻腻的，那个装琐碎物件的包脏兮兮的。

找她来修鞋的人络绎不绝，不一会儿，她面前各式各样的鞋子就堆积得老高了。她坐在她的小板凳上，用左手将鞋子按在自己的左边膝盖上，用右手一针一线不紧不慢地缝着那些开了缝的鞋子。手法极为熟练，她也极其有耐心。

就在我注视的这一会儿，她又重新拾起了一双女士脱了线的旧凉鞋。

她先用刷子和抹布清理了一下鞋子上的灰尘，然后给鞋子上线，接着又给鞋子清理一遍灰尘，还用嘴吹了吹鞋子上残存的灰烬，最后再将鞋子握在手里，像端详着一件珍贵的宝贝，确定没有任何问题后，她便用塑料袋将鞋子装好，等待鞋子的主人过来取。

我有意或无意地看着她修好了好几双鞋子，她修鞋子时的样子极为专注。

不一会儿，又有几个人送来了鞋子要修理。

这时，她喊了一声，"你快过来帮帮忙呀！"

很快，就有一个身高一米七八的中年男人过来了。他坐在这个卖鞋女的身边，帮忙给她清理鞋子上的灰尘。清理好之后，再递给修鞋女修理。他们之间配合得极为熟练，也很有默契。

这时，我的朋友在我耳边轻轻问我："这不会是她老公吧？"

我看了看修鞋女，她的头发半数已经花白，头顶部分的头发都已经所剩无几了；她的皮肤像黄土一样，又黄又粗糙；她的双手因为修鞋的缘故，也是黑黝黝的；她身上的衣服也都沾满了鞋子上掉落下来的尘埃。而坐在她身边的那个男人呢？高高的不胖不瘦，穿着大红色 T 恤，米白色西服裤，配一双亮锃锃的黑皮鞋，给人感觉很干净。这个男人长相清秀，皮肤偏白而且细腻，眼睛明亮而有神，眉毛浓而黑，头发也全都是黑色的，看上去很精神。他们怎么看都不像一对。

"应该不是吧。"我小声地回答。

我们一致认为这个男人看着比那个修鞋女要小十多岁，他们不太可能是一对。可能是姐弟关系吧，我在想。我也不知道自己当时为何那么八卦，对他们的关系要进行那么多的猜测。

过了一个多小时，她修鞋的摊位面前聚集着越来越多的人。在人群中，我听到那个修鞋女在和别人聊天。似乎是在聊关于她老公的事，她说她老公不会修鞋，是过来帮帮忙的。

"不是吧？那真是她老公？她老公看着那么年轻，她怎么看上去那么老？"朋友说道。

"女的比较显老吧，何况修鞋这么脏的活儿。"我说。

"那也不至于看上去相差那么大吧！"

我觉得她说得有道理，也跟着纳闷起来。

没想到，这个修鞋女很健谈。

她估计是听到了我们的窃窃私语，在人群散尽后，笑着对我们说："我老公比我小五岁。"

"小五岁？那你也敢嫁啊？"我们说道。

"诶，你们别弄错了。找小一点的好，小一点的不会欺负人。我老公对我可好了，从来不欺负我的。而且他还是个大学生呢，学的医学，结婚十几年了，我从来都没有做过一次饭，也很少洗衣服，我到现在都还不会做饭呢！"修鞋女说的时候笑得极为开心，一脸幸福的样子。

"那你们是怎么认识的呢？"

"以前，他在我爸爸的工厂打工。我觉得他挺聪明的，就鼓励他去读大学。后来，他考上大学了。都是我修鞋供他上的，他大学一毕业，就跟我结婚了呢。"修鞋女继续说道，脸上的幸福笑容像花儿一样绽放。

"他还挺懂得感恩的哦，你真幸福呀。"我说道。

"感情怎么能是感恩呢？感恩能够维持这么久的感情吗？呵呵，以前我也以为他对我是感恩。所以一直不敢接受他的爱，而且在他读大学的时候，有一个长得很漂亮的女同学很喜欢他，追了他几年。他一直都不答应那个女孩，我还劝说了他好多次，让他娶那个女孩。他死活不愿意，非要娶我呢！我们现在结婚十几年了，刚结婚不久，他在老家开了一家诊所，我依旧修鞋。今年，我过来这边了，他也跟着来了。他最近还没有开始找工作，所以每天都会来这里陪着我。这不，中午到了，他又回去做饭了。你们说，如果是感恩，他怎么会在结婚后的近二十年时光里一直都一心一意地对我好呢?"她坚定地相信他们之间是真感情,而不是感恩。

从她那幸福的笑容中,我也相信他们之间是感情,而不是感恩。

中午饭做好了,那个男人过来了,喊她回去吃饭。

他们走的时候,我们问那个男人可不可以把他们的凳子借来坐坐。

那个男人很爽快地将他们的凳子递给了我们。

我再次抬头看了一眼这个男人,发觉他比刚才更有魅力了;我再次打量了一下他的老婆,她不再只是一个脏兮兮的修鞋女了,而是一个幸福的小女人了。

这是我见过的最幸福的一对恋人,他们彼此都深爱着对方。

而且,在他们的爱情里,我渐渐地领悟了感情与感恩的差异。

我想,最好的爱情大概就是,男人懂得感恩,并将感恩化作最真的感情吧。

循环

  他在工地吃完晚饭后,往工棚走去,路上的寒风飕飕地从四面八方侵袭着他,他的脸冻得麻木了,清鼻涕也一点点地往出溢。他本能地用手背迅速地抹去了那些经受不住寒冷考验的鼻涕,然后缩了缩脖子,以避免更多的冷风侵入他的衣服里。
  他快步地走着,冷风不住地往他的耳朵里面灌着。他的耳朵变得僵硬不堪,不过他没有去理会。这是再寻常不过的事情了,他早已经习惯。他在这条熟悉的阴暗的小道上往住处走着,他没有注意这条小路在这个点这么冷的天气里,除了他,没有一个人。
  此时的他,只希望快点回到那个美名为工棚的活动板房里,泡个热水脚,然后窝进被子里。对他来说,一天之中最享受的事情就是可以钻进被窝里睡觉了!
  就在他快要走到活动板房的时候,他的手机响了!
  是儿子打来的,儿子说生活费花完了,现在急需要钱用,让他赶紧打点钱过去。

121

电话很快就挂了，儿子的声音却一直在他的耳畔萦绕着。

工地最近效益不好，老板又老是喜欢拖欠工资。他已经好几个月没有领到工资了，自己平时抽烟喝酒的钱都很拮据，都是预支了好几遍老板才啰啰唆唆地给了的。

可是，儿子没有生活费了，他必须得想办法，自己再苦再累，也不能让孩子受委屈啊。

他意味深长地望了一眼就在跟前的活动板房，又转身离开了！

在这寒冷的漆黑的冬天的夜里，他的双脚冻得像冰块一样，加上白天在工地上艰巨的体力劳动，使得他的双腿像灌了铅一样，每一步都是那样沉重，每一步走起来都是那样艰难。

他觉得自己很没有用，干苦力都已经干了这么多年了，竟然还没有习惯，身体还会酸痛。他叹了口气，从满是灰尘的衣兜里掏出一包最便宜的烟，抽出一根，含在嘴里，然后用打火机点燃。他眯着眼睛重重地吸了一口烟，吐出来的那一圈圈的气体很快就被环绕在他身旁的寒风给吞噬殆尽了。

他一口一口地吸着烟，一步一步地缓缓地走着。

想到自己的老板此时正在一家大酒店聚着餐，吃着饭，喝着酒，他的心中就有些胆怯。他穿得这样寒碜，衣服上满是灰，怎么好意思走进那样大的酒店里，怎么好意思开口打扰老板吃饭喝酒享乐的雅兴呢？

走到酒店的门口，他情不自禁地止住了脚步。他抬头望了望酒店金光闪闪的招牌，看了看酒店里金碧辉煌的装扮，他实在没有勇气走进去。

他在酒店的门口犹豫着，来回地走动着。

一根又一根的烟被他吸完了，地面上的烟头像散落到人间的扫把星一样，横七竖八地围着他。

他是个从穷乡僻壤来到大城市的乡下人，他没有将垃圾扔入垃圾桶的习惯，所以他也不知道第二天早上来清扫卫生的清洁工会用怎样粗俗的语气骂着他的不文明行为。

当他抽完身上的最后一根烟后，他终于鼓足了勇气，迈开了脚步，向酒店里面走去！

他一路直奔老板经常吃饭的那间包厢，身后的所有繁荣景色所有异样的眼光都与他无关。

他敲了敲包厢的门，然后进去了。

当他进去后，老板用一种极为厌恶极为气愤极为鄙夷又极为无语的眼神瞪了他一下。

这眼神让他有一种不祥的预感，尽管他知道自己这样的行为很冒昧，但是他觉得自己非这样做不可。

"来！这是你所有的工钱，我都给你结清了！请你离开我的工地，再也不要来了！上周才预支了工资，这么快又来了，像讨债似的！我不需要你这样的工人，请你离开！"

老板从包里掏出两千块钱，极为不满地递给他。

他颤抖着双手，迅速地接过了那些血汗钱，然后弯下腰点了点头，对着老板说了声谢谢，便飞速地离开了那个灯光灿烂温暖无比香味弥漫的酒店。

他拿着这些钱，心里有些欣慰，他明天就可以如期给儿子打生活费了。可是，他的心中又滋生出了新的惆怅——现在被老板炒了鱿鱼，接下来他该去哪里挣钱呢？

第二天一大早，他就收拾好行李，离开了那个工地。

然后找了一家银行，将钱给儿子打了过去。

儿子收到钱后，迅速地给他回了一个电话，说钱收到了，下个月记得要按时给他再打。

挂了电话后，他的眼前一片迷茫。

他望着迷蒙的天空，吸着冰凉的空气，扛着一大包的行李，在马路上慢慢地走着。他多么希望能够再找一份工作，找一份不拖欠工资的工作。

可是，做他们这一行的，怎么会遇到那样幸运的事儿呢？

他在大街上逛了一整天，没有找到新的工作。

很快，夜晚来了，他只得钻到某个天桥底下，躲着睡一晚。

风很大，夜很冷，他很累，所以他刚钻到桥底下，就背靠着那冰冷的墙壁呼呼地睡着了。

而此时，收到生活费的儿子，正在学校外面的网吧里，像打了鸡血一样地玩着网络游戏。

十年后，工地不要他了。他就在老家种了几亩地，每天扛着锄头过着日出而作，日落而归的简单生活。

他的儿子，则是和十年前的他一样，在外面干着脏兮兮的苦力活儿，朝不保夕。

有一天，他的儿子工作了大半年的一个工程，眼看着就要完工了，就等着发工资的时候，被告知老板跑了。

他的儿子对着那栋高大的烂尾楼，欲哭无泪。

家里的幼儿正等着自己的钱买奶粉呢！

他知道了这个事情后，打电话安慰儿子，并偷偷地给儿子打了一笔钱。

儿子收到钱后，将钱打给了自己的妻子，说自己在外面过得很好，并嘱咐她要好好地照顾孩子。

夜里，天上的星星又如往常一样围绕着月亮，和儿时妈妈在夜空下搂着他讲故事时的景象是那样相像。

他盯着那月亮，盯着那星星，眼睛眨呀眨地循环着。

他不知，他的儿子，是否也在循环走着他当年走过的那些路。

一阵凉风吹来，吹走了他悄然流出的几滴清泪。

屋前的桃树

　　一栋不新不旧的房子，矗立在池塘边。一棵不大不小的树，屹立在家门前。

　　春天的风一吹，树就发了芽，还会开出几朵粉粉的花；夏天的雨一淋，树就结了果，还会散发出几抹淡淡的香；秋天的霜一冻，树就落了叶，还会脱几层枯枯的皮；冬天的雪一飘，树就把雪穿在了身上，纯白耀眼。一年四季，屋前的这棵树不停地变换着模样。我从春天望到冬天，又从冬天望到春天，一眨眼，就过去了好多年。

　　多年以后的某个冬天，我从外地回到家，发现那棵桃树被砍了，只剩下一截枯槁的根，在寒风中显得格外凄凉。我凝望着那残留的黑得发亮的枯根，过去的那朵朵粉色的花瓣仿佛在我眼前随风飘舞着，再缓缓滑入泥土，像雪花融化一般，消融得无影无踪。我伫立在寒风中，想着自己曾吃过这棵桃树上香甜的果子，那股清甜的香味，我还没忘记，这棵树却再也不能结果了，我怎么能不伤心呢？

　　迎着寒风，我慢慢走近那片葬着花瓣的泥土地，俯身细看了那桃树最后的样子：黏黏糊糊的黑色腐蚀物，散发着阵阵淡淡的腐臭味，似桃树无声的哀叹。这棵桃树的生命将在这个冬季终结，这是它存在于这个世界的最后模样了。一想到明年春天，它不会再发芽，不会再长叶，不会再开花，我心里就格外荒凉。尤其是在这北风的咆哮声中，内心的荒凉感越发强烈。我为这棵桃树的离去深深地叹息着，它曾那样美丽，曾受那么多人瞩目，而今只是静悄悄地等待着生命的终结。不会再有人来欣赏它，它再也听不见这世间的喧嚣了，它将化为泥土，孕育新的生命。

　　我蹲在桃树边，忽然想起我曾经养过的狗儿，在它正年轻正活泼的时候，被人狠狠打死，拿去宰着吃了，我的心更加痛了。那条小狗，曾在这棵桃树下刨土，追小鸡，与我欢乐地嬉戏。我也曾在这棵桃树下，欣赏着美丽的花朵，摘着香香的果子。眨眼间，我不仅失去了心爱的狗儿，还失去了这美丽的桃树。

　　我恍惚觉得，生命的过程就是一个不断咀嚼失去的过程。我们在每一次的失去中疼痛，在疼痛中慢慢成长。我们永远不可能留住所有想留住的，我们一直在失去自己不愿失去的。就像桃树留不住爱上风的花瓣一样，我们留不住岁月想要带走的。岁月是永恒的，生命是岁月里的短暂风景。作为风景的我们，唯有珍惜属于自己的每一份时光，用心对待自己想要好好对待的每一个人，每一种事物，才会在他们离去的时候，不那么悲伤，不那么遗憾。

　　我最怕见到夕阳下老人孤单落寞的凄凉背影，最怕瞥见寒风中行乞者饥寒交迫的无助眼神，最怕听见黑夜里无家可归的动物的哀嚎声……然而，我时时碰见这些，所以我的心中时常有悲伤蔓延。有时候，看了一部感人肺腑的悲情电影，我的心也会跟着疼痛许久许久。这么多的愁绪积郁在心底，我时常缓不过气，也经常会头疼。我很迷惘，我告诫自己，不要这样。我明知这个世界很大，不可能每个生命都被温柔地对待，可我还是无法控制自己产生那么多忧郁的悲伤。

我怀着沉重的心情，摸了摸那棵正在腐烂的树根。我感受着一个生命的逐渐消融，感受着这消融着的生命的最后心跳。我想，它会不会哭泣，会不会害怕，会不会有眷恋，会不会有遗憾。它是怀着怎样的心情在离去的，它会不会记得它曾经最美的样子，它知不知道有人为它哀伤……我满心惆怅地蹲在这棵树根前，抚摸着它软绵绵的黑色躯体，想到我曾在某一个屋檐下，埋葬过一只被我捡到的死去的小鸟，更加悲伤了。忽然，妈妈看见了我，连忙喊我回去，用最快的速度给我递来一盆水，让我洗手，她说腐烂的树根那么脏，我怎么能用手去触摸它。我望了望妈妈，她的眼神发着暗淡的光。她用尽所有的努力，只为换来我的安稳，自己如何能不沧桑？我的心再次被触动了，顺着她的意思，洗了洗手，洗去了那棵桃树留给我的最后一抹味道。

之后，每当我再次站在家门口，我都会情不自禁地将目光投向寒风中的桃树根埋葬的方向。每一次凝望，我仿佛都能看到阵阵桃花雨在风中飞舞着。每一次凝望，我仿佛都能闻到香香的红桃子在阳光下发亮。每一次凝望，我仿佛都能体会到一个生命化为泥土时的安详。是的，在巨大的疼痛过后，一切都归为平静，都是安详的。

再后来，我又离开了家乡，去了离家很远很远的地方。在远方，再也没有一棵桃树是属于我的，我再也没有仔细地关注其他桃树的成长。因为那棵陪我一起长大的桃树，早已在我心中生根发芽，开满鲜花。哪怕它早已化为泥土，它也始终鲜活在我的脑海里。

我想念它那碧绿的叶，想念它那粉红的花，想念它那香甜的果，想念它那多姿的枝，想念它根植于我脑海里的每一幅画面，想念有它一起走过的所有岁月。在春天，在夏天，在秋天，在冬天，在每一份快乐的时光里，在每一份忧伤的时光中，我都会想起它。想起美丽的它，曾来过这个世界，又安静地离开了。可以说，它是我童年的影子，是我童年的玩伴，也是我心中的某种信念。我觉得，桃树的一生就像人的一生。

在发芽的时候最快乐，在开花的时候最美丽，在结果的时候最充实，在凋败的时候最寂寞。

桃树在离去的时候是孤独的，人在弥留之际，想必也都是孤寂的。

而今，只要有风吹上我的脸，我的眼前就会浮现阵阵香香的桃花雨。这雨，让我懂得接受人间沧桑，让我懂得珍惜眼前美好。我感谢那棵为我带来桃花雨的屋前的桃花树，它是我生命中最美的记忆之一。我将永远怀念它，永远记得它带给我的生命启迪。

丁丁

　　丁丁是我的小表弟，今年只有六岁。这个国庆假期，我有三天的时光是和他一起度过的。今天上午我准备从外婆家回来的时候，他很不舍地说："姐姐，你不是说下午回去吗？"在他的敦厚的吐字不清的"小猪猪"般可爱的声音里，我还是按自己的计划离开了外婆家。

　　一个人走在四处树木茂盛的乡间小路间，吹着风，暖暖的阳光照在身上，全身都充满了舒适感，只是心里有些酸酸的，实在是有些舍不得丁丁，这几天和他在一起，真是很开心。

　　丁丁长得很憨厚，说话奶声奶气的，特别爱看动画片。他几乎所有的闲暇时光都是在看动画片，我也跟着他看了许多动画片。不得不说，现在的动画片依旧如当初那般幼稚，不过看着也挺搞笑，挺吸引人的。这么多动画人物，我最喜欢的是"小猪猪"。我喜欢"小猪猪"的声音，它的长相还凑合，毕竟它是一只猪，能装扮到这般俏皮实在是很值得称赞。我看动画片的时候脑海里一直想着许多与动画情节无关的事情，丁丁则是全神贯注地盯着电视，时而紧张，时而哈哈大笑，他笑的时候我也跟着他笑，因为，他每次笑的时候都会将头转向我，我不得不以笑来回敬他的信任。

　　每到中午的时候，他爷爷要他睡午觉，他总会在他爷爷睡着的时候，偷偷溜出来，找到我，让我带他出去逛，所谓出去逛，即是带他出去买零食吃。丁丁长得胖乎乎的，特别爱吃，每顿都吃得特别多，桌子上若有荤菜，他就决不吃素的，若只有素的，他也能吃上两碗饭，他每顿吃的比他爷爷还多，有时他饿狠了，直接将他爷爷的那份也吃了大半，弄得他的爷爷饿肚子。由于我在他家里总会偷偷地带着他中午出去买零食吃，所以他中午的时候总是会特意少吃点，吃完饭他就对我做鬼脸，示意我不要毁约。我很喜欢他，每次都会如他所愿，顶着大太阳带他去买零食吃。他走路的时候一蹦一蹦的，一会儿用手拍拍树枝，一会儿用脚踢踢石子，很淘气。遇到花丛，我就会给他拍照，他也总会很配合地摆动作，拍了一会儿后，他就会问拍完了没，我若说拍好了，他就会从花丛旁离开，继续前进。他似乎已经很习惯了别人给他拍照，像个小童星一样，拍照成了他的义务。买到吃的后，他就特别满足，特别开心，在路上便拆开吃着，因为如果他奶奶发现他吃零食，就会大骂他的。他奶奶不让他吃零食他就不在奶奶面前吃零食，他在路上吃完了零食后才回去，还用眼神加手势叮嘱我千万不要告诉他奶奶。吃完了零食回家后，他便又会在动画片的陪伴下度过一整个下午。

　　到了傍晚，他会让我和他一起踢小皮球。我和他一人站一方，将他的小花皮球踢来踢去。有一回，我的手机响了，有人找我聊天，我就边跟他踢着球边回复着别人的消息。谁知，过了一会儿，丁丁生气了，他翘着嘴巴，将球抱到我跟前，带着哭腔，特别委屈地说道："姐姐，你骗人，你说投球不好玩，玩踢球，可是你踢球的时候还是和投球一样，一直不动，还玩手机……"听了他的话，看着他发梢上的滴滴汗珠，再看看他踢进空水桶的皮球，我心里有些歉疚，于是，我放下手机，和他一起快乐地踢球，投球……然后，我也出汗了，也听见了他银铃般的咯咯笑声。

还有一回，夜里看电视的时候，我和外公聊着天，说着各自去游玩过的地方，丁丁在一旁看着动画片《黑猫警长》。当我和外公聊得正起劲的时候，丁丁拍了拍我的肩膀，诡异地笑着偷偷地在我耳边说道，"姐姐，不要说太多真话，说真话不好。"这似乎是他切身最真实最重大最宝贵的经验，所以他才这么神秘地向我分享着。我听了，先是诧异，然后觉得有道理。我就是太爱说真话了，连这个这么小的孩子都在教我不要说真话，看来我真得深刻地反省一下自己了。尽管他的本意是怕我把他天天偷吃零食的事情说出去，可我依然觉得他对我说的这句话别有深意。

昨天夜晚，我准备去睡觉的时候，丁丁又跟着对我说："姐姐，你能不能再多待一天，后天走呀？"我说我后天要上学，明天回家还有事情。他又问我能不能明天下午再走。我说这个可以。到了今天，我依旧上午便走了。他八点的时候看我在收拾东西，一直在我身边转悠着，说姐姐能不能十点钟以后再走……

他甚至还偷偷地给我塞了三元钱，说："姐姐，这给你上学用，昨天晚上爷爷给了我钱，我把它给你用吧！"看着他手上那皱巴巴的三元钱，我的心震撼了。想起前天，我让他帮我收花生，并答应给他十元钱，结果发现我钱包里没有零钱，我很尴尬地对他说，我钱包没钱了。不料他却在一旁看着我的钱包哈哈大笑，说："姐姐，我是开玩笑的！真的，我特别爱开玩笑，我是跟你开玩笑的，我不要你的钱。"我当然能看出他是在安慰我……不过他那哈哈大笑实在是太可爱了，我说我下次来再给他钱，他开心地答应了。

没想到，在我快离开的时候，他会想着给我钱……我很感动，但我拒绝了他的好意。

离开外婆家后，心里很舍不得。这么可爱的小表弟，这么憨厚朴实的一个孩子。每次放假都对着电视机，没有玩伴，也够难为他了，明明他这么爱玩，这么会玩。而且，他还很善良。有次他在吃橘子的时候，一个小朋友从他家门口经过，他递给那小孩几瓣橘子，还大声嘱咐他，"给一半你哥哥！"然后那小孩真跑回家去了，再来时，丁丁立即问他，"给你哥哥没？"那小孩说给了，丁丁才不继续问，那小孩才从他家门口走过去了。这个小表弟，真可爱呀，我默默地欣赏着他，默默地感叹道。

　　孤单的好小孩，调皮的好小孩，快乐的好小孩，愿你平安健康地好好成长。

家乡的年味儿

过年,是个动人的词语。提起过年,每个人的眼前都会呈现出自己记忆最深的过年画面。虽然许多人嘴上一直说年味越来越淡,但是到了过年时依然每天乐呵呵的。

小时候,我和小伙伴们特别喜欢过年。那时候,农村人普遍经济条件较差,普通人家平日生活都只能勉强糊口,小孩子们除了能吃饱喝足,并无多少其他物质上的享受。过年,是一年之中最重要的时光。那个时候,家家户户都舍得花钱,都不约而同地尽自己最大努力准备年货。每到快过年的那个月,平时人烟稀少的村庄街市,都密密麻麻的是人。人们疯狂地购物,好像东西都不要钱似的。小孩子们这个时候也都兴奋了,因为不仅可以不费吹灰之力就要到一大笔零花钱,还可以跟着大人们上街买想吃的零食,想穿的衣服,还有想玩的玩具。

小时候,经济拮据的妈妈总爱说,小孩子最爱过年,大人最愁过年。过年,是小孩子一年之中最快乐的时光,却是大人一年之中最为难的时光。好不容易攒的一点钱,到了过年就没了。

那时候，我只觉得妈妈说的前半句有道理，后面的话都是强说愁。我总认为过年那么多人在家，那么多好吃的好玩的，就算花点钱，也是开心的。

无忧无虑地长到十八岁，渐渐经历了一些人生挫折，领悟了一点人生道理，喜怒哀乐都换了些内容，过年的喜悦也就不知不觉淡了许多。

童年时过年总是很开心，那是最纯粹的快乐。记得最深的就是，每年腊月二十八那天，家家户户总是半夜三更就起来准备年饭，准备年饭前，会放一条鞭炮，以示已开始准备年饭。小孩子们在鞭炮声响后，也得带着惺忪的睡眼，起黑五更还福。据说，起得越早越能发财。所以，只要有一户的鞭炮响了，其他户也便开了灯，生怕落后于他人。

每次还福前，都得先"供祖先"，先人们得"先吃"，大人小孩们则是先磕头求庇佑，再站在一边恭敬地等候先人"吃完"。等候的过程中，是不可以说话的，更不可以碰桌子椅子的，场面十分神圣，十分庄重。再调皮的孩子在那个时候，都是安静的，虔诚的。先人们"吃完"后，菜基本上都凉了，爸爸就会放个鞭炮，鞭炮噼噼啪啪响完后，我们就可以就餐享受丰盛的年饭了。

吃完年饭，小孩子们就该出去"摇竹子"了。大人们说，小孩子这个时候多摇竹子可以长高。于是，每次一吃完年饭，我和弟弟就飞奔出去寻找最高的竹子使劲摇。竹叶被我们摇得生风，我和弟弟总是笑得合不拢嘴。

摇完竹子，天微微亮。调皮的弟弟就喜欢去隔壁叔叔家，站在门缝边，偷偷呼唤堂弟堂妹出来玩。被爸爸发现了，就会臭骂一通。因为吃年饭是神圣的，不可以和人说话。

长大后，村子里有钱的人越来越有钱，没有钱的人依然没钱，我和弟弟长得也都不高，才明白幼时所做的都是唬人的。

近些年，腊月二十八依然要早起还福，但是一般是天亮时才开始吃饭，没有以前那么夸张了。吃饭时的那些规矩依然在，而且加了一条——不准玩手机……

还完年福，小孩子们就成群结队去玩各种各样的鞭炮了。大人们忙完家务，要么组团打麻将，要么组团打扑克，到处欢声笑语，热闹非凡。

自那天起，年味儿就浓了，孩子们的肚子也一直是饱饱的。

到了大年三十傍晚，家家户户都开始贴春联。幼时家里穷，欠有外债，爸爸就早早地开始准备贴春联。因为，只要贴了春联，别人就不可以来讨债了……

贴完春联，到处一片喜庆的红。孩子们可以去洗澡，然后换上过年的新衣服了。穿上新衣服后，觉得自己很美，就喜欢到处转。

三十夜晚，吃完丰盛的年饭，得了点压岁钱，就开始高高兴兴地看春晚守夜。到了夜里十一点五十左右，外面就开始响起了络绎不绝的、震天动地的礼炮声。爸爸就起身，准备"出天方"事宜。

妈妈说，出天方时是万万不可说话的。于是每年出天方时，我和弟弟还有妈妈就会站在大门口，望着爸爸在提前堆好的小土堆上烧香拜佛，然后磕头，再放鞭炮、礼炮。隔壁家，隔壁的隔壁家，都是如此。整个村庄，都被礼炮照射得亮堂堂的。我和弟弟站在离礼炮咫尺之遥的位置，捂着耳朵，望着眼前神圣的一幕。年年如此，直至现在，依然如此。

出完天方，就进屋喝点妈妈做的糖水，糖水里放点蜜枣，寓意新的一年日子过得甜甜蜜蜜。

喝完糖水，就该睡觉了。

睡觉起来，就是正月初一了。这天早上，无论大人还是小孩，都起得特别早，精神也都格外好。在普遍没有手机的年代，大家都高高兴兴地拎着拜年礼盒，到处拜年，说些祝福的话语。场面格外融洽，格外欢乐。后来，有了手机，手机上天花乱坠的祝福代替了人们淳朴的言辞，微信发红包拜年变得流行起来。年味，似乎就淡了点。

135

拜年一般要持续好几天。拜完年，大家就慢慢消停了点。一家人在空闲时间，就会坐在一起聊聊天，讲讲红尘往事，说说新年计划。

到了正月初八，孩子们就要开学了，大人们陆陆续续地出门去挣钱了。

小时候，正月十五很热闹。夜晚有花灯表演，那时候几个村的人都喜欢聚集在一起看花灯表演。后来，没人表演了。正月十五也没那么热闹了。小孩子们依然快乐，因为可以看烟花爆竹漫天飞舞，还可以自己燃放喜欢的鞭炮。作为已经长大了的孩子，我对那些已经提不起兴趣了。望着那些漫天飞舞的烟花碎末，有的只是无尽的感慨与不舍。

过完正月十五，年就差不多结束了。村子里，慢慢就只剩下留守老人和儿童以及少许妇女了。

作为一个土生土长的浠水人，已经在浠水这个有趣的地方过了二十多次年。而今，也"光荣地"变成了一只"候鸟"，一年只能回来那么一两次。

越回来越觉得年味变淡了。年味越淡，越怀念以前。越怀念以前，就越想回来过年。

也许，过年并不需要多热闹，也并不需要多浓的年味。过年，只是一种内心深处的信仰与归宿。过年，即便不好玩，大家也都愿意回来。

回来，看看家乡熟悉的路，熟悉的风景，熟悉的人。听听久违的家乡话，在家乡话中找到一些共鸣。那感觉，挺美好。

离开时，还可以带点家乡的美味佳肴——腊鱼腊肉，还有红菜苔。

童年的收音机

今天吃完午饭，在洗衣服的时候，打开电脑，无意间点开了酷狗音乐播放器里的花香小镇电台。在午后闲散的时光里，随着女主播甜美的声音，一篇美文飘入耳朵里，真是一种极好的享受。

洗完衣服后，我又点开了几个有声电台，随意地听了听，却始终无法耐心地听完每一篇诵读。也是的，在这大好时光里，花全部的精力去听有声电台，确实有点浪费。就因为心中对时间还有一丝的珍重，所以我没有了专心听电台朗读的心思。我只得关掉了酷狗音乐播放器，然后准备寻觅新的事情来打发时间。

没想到，在关掉播放器后，我的脑海里浮现了我童年时听收音机的画面。那时我读小学五年级，爸妈都在外面打工，带我的爷爷白天几乎都不在家，弟弟每天白天也都不知去哪里玩了。那时候的白天，家里几乎都是我一个人。我喜欢在家里写写画画，干些极为无聊自己却觉得十分有趣的事情。

我记忆中最深的事情，大概就是在每个中午，整个村子一片安静，只剩窗外知了叫个不停的时候，我总是拿着一台旧式的收音机，听里面优美旋律伴奏下的动人故事。那个时候，我听了许多的故事，可惜具体的我都已记不清。我只记得我不喜欢听《水浒传》，然而每次都被迫听了，这种被迫听的节目竟在脑海里藏得最深。

我现在弄不清楚为什么自己会在童年的时候那样喜欢听收音机，或许是因为那个时候家里穷，还没有电视机；也或许是因为收音机对于那个时候的我来说，是一个新奇的事物吧！

那时候的我，只要是一个人独处的时候，我就喜欢打开收音机，听收音机里的故事。

我喜欢听故事，但是我更喜欢的是每次故事听完后电台里播放的那些歌曲。所以，在很多心绪不够安宁的时候，我都是一直换着频道，专门挑歌曲来听的。在不停地转换频道的时候，其实错过了许多的好时间，因为碰到了更多的广告，最终听到的歌曲也大都是接近尾声的。

然而，我还是喜欢不停地转换频道，那样似乎也是一种乐趣吧。以至于我现在觉得，我只有在洗澡洗衣服时才能够安静地听完整个故事，整首歌曲。

这个习惯似乎一直延续到了今天。

直到今天，我都还是这样的习惯。我总觉得许多事情都没必要去干，那些都是极为浪费时间的。可是，回首一看，像我这样珍惜时间的人，却不知道我过去的那些时光都去哪里了。

时间不都一样从我的生命中溜走了吗？时间不都一样地被我浪费掉了吗？

或许，时间给任何人的感悟都是这样的吧。我想大概很少有人会说，他的时间被他充分地利用并实现了其价值吧！

人的心永远都无法被满足，就像时间，永远没有尽头一样。

我完全不必为时间是否被浪费耗费过多的脑细胞，毕竟这是一个不

138

会有答案的深奥问题。

在此时，我很羡慕那些有着一技之长的人。我看着我空间里的那些朋友，他们有的学业有成；有的事业有成；有的会做精美的手工；有的会唱动听的歌；有的会跳动感的舞；有的会画好看的画……

他们当中有许多人，在我眼里如神仙一般飘逸潇洒，我可望而不可即。在我眼里，他们是幸福的人，是快乐的人。他们也是不会和我有任何交集的人，我很羡慕他们，但他们并不知道。我想，或许他们在羡慕或者仰慕着比他们走得更高更远的人吧。

人都是这样，喜欢和比自己优异的人来往，就像小孩子喜欢和比自己大的孩子玩一样，这是天生的。

所以，人如果想要自己周围的人都很优异，想要自己的另一半很优秀，那么自己也必须足够优秀。至少，得有一技之长。

所谓的一技之长，说简单点，就是将自己的兴趣爱好发展为自己的特长而已。

我很清楚，我的兴趣爱好是什么。从童年时喜欢独自听收音机里的故事，喜欢跟着里面的故事幻想外面的大千世界里，我就知道我喜欢什么，我想追求什么。

然而，我喜欢的追求的并没有成为我时刻警醒自己的闹钟，我一直都是过着兵来将挡水来土掩随心随意顺其自然的生活。

我没有养成未雨绸缪的好习惯，也没有为了达到某种目的誓不罢休的雄心壮志。

我一直在顺着生活的河流缓缓地流淌，无论河流湍急与否，我都是那上面一只悠闲的小船，顺着河流的起伏而起伏，我不担心坠落到低谷里，也不介意被送到某个宽广平原。

我总认为，怎样的生活都是一种人生，怎样的日子习惯了都美丽。

不过，今天上午我在起床之前和昔日里的某个好友在网上聊了几句。

通过聊天，我得知他现在在某个工地上干活。他每天都在太阳底下谋生活，日复一日，极为忙碌，工资也不高，他夸张地说着"每个月的工资都不够买水喝"的话语。

这是曾经和我一起在教室里求学的朋友，以前他也是一个对未来对生活充满美好憧憬的意气少年。

仅仅几年的时光，他已经被生活折服了，每天都顶着大太阳，在工地上汗流浃背地劳作着。

想到这里，我的心情有些沉重。

我想，像他一样的情况应该有很多。我往日里的那些同学朋友，现在大部分都已经冲入了社会这个大海里。命运之帆，已经不再在我们自己的手里。我们只能在规定的航道里，努力地把握着自己的方向。这一次，我相信我们是真的成熟了，真的懂事了，我们这次肯定不会再随意地堕落，随意地放弃自己，随意地说累了。

想到我们这批大龄点的"90后"就这样走入社会了，就这样慢慢在成熟中走向老去，我的心中很不是滋味。

在我的心中，在我的眼里，我和那个五年级时爱听收音机的自己有什么区别？我的同学们，我的朋友们，不都还是原来的模样吗？

我即将毕业离校了，昨天有昔日初中的同学请我吃饭，我觉得格外亲切，也格外开心。那些初中的朋友，似乎一点都没有变。

只是我们各自的生活有些变化，我们相聚的方式有变化，我们的话题有变化而已。

但是我们的心，我们的眼睛，都还是原来的清澈模样，或许多了几分沉默吧。这眼神里的沉默，大概就是生活赐予的成熟吧。

我觉得到此时，我唯一失去的就是童年时的天真。

童年时的我，能够每天都抱着收音机听一整天，然后在夜晚来临的时候，悄悄写下自己密密麻麻的心事。

现在的我，就算有再多的时间，我也没有那份心情去听一整天的收音机，更不可能再将自己的全部心事诉诸纸上。

我觉得现在的自己，应该好好地学学童年时的自己。应该重新拾回曾经的热情，曾经的执着，好好地再为自己活一回。

这是一件艰难的事情，也是一件有意义的事情。我想很多人在即将毕业的时候，都会有这样的心情。都希望大学能够重来一遍，我也很希望时光能够倒流，我能够再读一遍大学。我期望重新再读的那一遍，我会过与之前完全不一样的大学生活。可是，直觉又告诉我，就算时光倒流，一切再重来，到了终点，我大概还是会有着和此时一样的心情。

因为，那么多的人在上大学之前都听过前人的警告，最后不都一样犯了与前人类似的错误吗？人在同一个地方跌倒两次是再正常不过的事情，然而机会很少会有第三次。

而且，怀念总会为过去的事情披上一层朦胧而美的光环，以至于所有的回忆在脑海里都会惹人怀念。就像去年在外面实习的我，无比怀念大学，怀念大学的校园，怀念大学的老师，怀念大学的同学。那时的我，特别希望回到大学里，能够和某些人好好欢聚；那时的我，觉得自己回到大学后一定不会再睡懒觉，一定要早睡早起，好好保养自己的。事实上，一回到大学，我就瞬间变成了以前在大学里的那个样子。除了睡觉，吃喝玩，仍旧什么都没有干，还长胖了不少。

这让我变得又格外怀念工作时的那些时光。

这样的情绪让我自己都不敢相信都源自自己的内心。

然而这就是事实。

我永远都不懂得珍惜眼前的时光，永远都不知道眼前时光的美妙之处。

我像是一个活在回忆里的人，又像是一个活在故事里的人。

童年的那个旧收音机早已不知去处，我却突然怀念起它，怀念起那段时光。

而那时的自己，谁说没有向往自己目前正过着的悠闲的舒适的大学时光呢？

算了，不想了。

不论是童年的自己，还是此时的自己，我都还是我。

我想听收音机都还有收音机可以让我听，电台里的故事永远都听不完，电台里的主播永远都有着那样温柔的声音。

而我，也应该永远都有着那份宁静的情怀，永远都要爱着自己眼前的时光，永远都不能停止自己前进的脚步，永远都不能够让自己没了对生活的热情。

就像昨天晚上大学的班长给我留言说的这三句话一样："一、世界这么大，我们该去看看；二、梦想还是要有的，万一实现了呢；三、人生是个大舞台，每个人都是自己人生的导演。"

我读了好多遍这几句话，这几句话里面包含的友谊暂且不提，总觉得这三句话包含了我们青青期的所有热情和激情，它们鼓励我不断地向前。

在这大学的尽头，想起童年的自己，回忆起过去的点点滴滴，生活仿佛又充满了乐趣。

你曾在我的生命里

　　小学五年级的一个夏天的傍晚，我放学回家后和小伙伴一起出去玩，路过村头的一户养了母狗的人家，那家人养的那只母狗特别凶狠，每次经过的时候，虽然它被主人用绳子系住了，但是它每次见着我们路过的时候，依旧要狂吼一阵。

　　不过，这一次呢，我们路过的时候，那家院子里面竟然悄无声息。这样的悄无声息反而引起了我们的好奇，我和小伙伴便忐忑着将头伸进那院子里，想要看看到底是怎么回事。这时，那家的主人出来了，看见我们这两个小脑袋后，笑了笑，说道，"我家狗儿最近生了好大一窝狗崽儿，你俩想要养吗？"

　　"嘿嘿，想啊。"那时养狗的人家还不多，我们对狗儿也有着一种莫名的爱。

　　我和小伙伴说着，就跟着那家主人一起进屋看狗儿去了。一进屋子，就瞥见了狗窝里那数只嫩嫩的黄茸茸的小狗狗，它们瞪着黑幽幽、水灵灵、圆乎乎的眼睛好奇地看着我们。我和朋友一见到这群可爱的小家伙，瞬间就动了心。那时家里养了一只公猫，而且听爷爷说，养猫儿狗儿养公的比较好，因为母的经常会生小崽儿，小崽儿如果没人领养的话就比较麻烦了。所以，我和朋友就嘱咐那家主人给我们指出哪些狗儿是公的，等主人将几只公崽儿挑出来之后，小伙伴便将那只最肥的崽儿抱在了怀里，我也喜欢那只最肥壮的，可是既然被小伙伴已经选取了，那么我就只好挑了剩下的里面最健壮的那只，也抱在了怀里。那狗儿安安静静地靠在我的怀里，还不停地眨着眼睛望着我，真是可爱极了！

正当我们开心地逗着怀里的小狗儿的时候，那家主人突然说道："你们赶紧离开，狗妈妈回来啦。你们赶紧走，别让它看见了，不然这狗儿你们就抱不回去啦。"一听这话，我们抱着狗儿撒腿就跑。我们跑了数十米的时候，狗妈妈看见我们了，它对着我们怒吼着，我们害怕极了，准备放下手里的狗儿逃命。这时，那家主人出来了，怀里抱着几只小狗儿，将那狗妈妈唤了回去，我们才安心地脱险了。

我们抱着狗儿哼着曲儿得意地回到了家里，妈妈见我抱回一只小狗儿，眉头一皱，说家里已经有了一只猫，再养一只狗，岂不要闹翻了天。我噘着嘴很固执地坚持要养，还说，"这是只公的呀，它以后又不生崽儿，就每天吃点饭而已，大不了我每天少吃点。"妈妈拿我没办法，便同意了。

见妈妈同意了，我兴奋极了！找出一个空箱子，再去外面弄来一些枯草，找来几件不穿的衣服，精心地给狗儿做好了窝后，便蹦跳着去找我的小伙伴儿去了。小伙伴见了我，也特别兴奋，因为她的爷爷也答应养那只小狗儿了。小伙伴抱着她那肥嘟嘟的狗儿，和我笑嘻嘻地说了好一会儿，我们才散开了。

我一回到家里，就去看我那心爱的小狗儿。此时，刚刚离开妈妈怀抱的幼小的它似乎感受到了孤单和清冷，它的眼神开始有些无助，甚至有些惊恐地望着我，嘴里还一直发出细小的像婴儿啼哭似的啜泣声。我听出了它声音里的胆怯，也看到了它眼里的哀伤。我抱起它，它叫的声音更大、更悲戚了。我也莫名地难过起来了，便去厨房找妈妈，问妈妈我该怎么办。妈妈说，刚离开家，它肯定会难过的。妈妈让我给小狗儿拿去一些吃的，可是，它却只看着那些食物不吃，似乎很害怕我。我的心情瞬间变得像它身上的毛发一样，灰蒙蒙的。

夜里，我也不舍得离开它，将它放在我的房间里。可是，它怎么也不肯睡觉，一直在那里叫喊着，有的时候，它的哭喊声歇斯底里，似乎快要将我的耳膜震破。我起床看了它好几次，它丝毫不领情，依旧若无其事似的继续着它的悲伤。我有些心烦，也觉得它有些讨厌。可只要看一看它那毛茸茸的躯体还有那不停摇晃的小尾巴，那些讨厌的感觉又瞬间消失不见了，反而生出更多的怜爱。

一整夜，这个倔强的小家伙都没有睡，害得我也一晚上没睡。第二天晚上，我就不让它睡在我的房里了，我将它交给了妈妈。妈妈笑了笑，说当初不让养非要养，现在知道苦楚了吧。我不理，说过几天不就没事了嘛。

果然，它悲伤了几个夜晚之后，便安静了。在我的悉心呵护下，它也慢慢地变乖了，开始依恋我了，开始对着我摇尾巴了，也渐渐地学会在我身边蹭来蹭去了。那感觉，我特喜欢。

几天后，和我一起养小狗儿的小伙伴来我家了。她悲伤地对我说，她那只肥嘟嘟的狗儿被她的爷爷给扔掉了。因为它爱吃小鸡，养它的这几日，已经吃掉了她爷爷养的好几只小鸡了。

小伙伴很难过，因为她很喜欢她的小狗儿，那只肥嘟嘟的狗儿看上去是那样强壮，那样精神，那样有气魄。虽然它现在还只是一只幼崽儿，但是它那坚毅的品性已经彰显无遗了。小伙伴说，它在她家的这些日子，一直都很乖，夜里也从来没有哀嚎过。听了她的话，我突然觉得，也许是我家那只狗儿太小了才会想妈妈才会害怕孤单吧。对于她家的狗儿，我的心中充满了哀怜。本来还以为，它以后可以和我家的狗儿做好伙伴呢，可是它竟然被主人给抛弃了，日后的流浪生活还不知是怎样的呢。

又过了几天，妈妈很生气地对我说，我家的狗儿也喜欢咬小鸡。我一听，很慌乱，生怕妈妈也将它给抛弃了！为了挽救它，我就一直抱着它，不让它有机会接近小鸡。可是，它天性难改，即使前一秒还温顺地眯在我怀里，下一秒只要听见了小鸡的声音，就想着要逃离我去追赶小鸡。有一次，它竟然强行从我怀里挣脱了，追着我家才出生不久的小鸡不停跑，我追不上它，眼睁睁地看着它咬住了那只小黄鸡，然后钻进了竹林里面。等它出来的时候，嘴上还带着血渍。这时，妈妈正好回家了，撞见这一幕后，找到一根长竹竿，狠狠地向它鞭打过去。它很小，也很傻，不知道往屋外跑，一直往屋内窜，最后在鞭子的驱赶下，它躲进了家里的床底下，呜呜地呜叫着，怎么也不肯出来，妈妈的鞭子也够不着它。

看着它躲在床底下发出的那无助的可怜的悲戚的声音，妈妈的心软了，便放下了鞭子，呼唤它出来，可是它就是不肯出来，只是目光呆滞地望着我们。也许，在它眼里，吃只小鸡很是正常，它或许还在疑惑主人为何要鞭打它吧。整个一下午，它都躲在那黑漆漆的床底下，任凭我怎样呼唤，它都不出来。直到晚上，它饿了，才快快地从床底下游荡了出来，颇像一个赌气的孩子不吃饭，最后饿得不行了才吃饭。我和妈妈见到它这可爱的样子，都笑了。自那以后，它也变乖了，见到小鸡都绕着走，再也不敢追赶了。看来，它还是挺长记性，也挺懂得吸取教训的啊。

自那以后，小狗儿变得特别乖。我天天抱着它四处玩啊，转啊。它特别爱玩，也特别爱吃东西。每次我们吃饭的时候，如果没有先给它一份，它就会用无辜的眼神一直望着我们，望着我们，也不叫，也不闹。直到我们给了它食物，它才会将目光转向它的碗，摇着尾巴吧唧吧唧地吃得特别欢。两个月后，它就由一只毛茸茸的灰扑扑的狗崽儿长成了一只黄灿灿的成年狗了，它的尾巴很翘，尾巴上的毛发也很厚，那黄灿灿的尾巴一闪一闪的好似松鼠的尾巴，特别招人喜欢。我尤其喜欢抚摸它那不停晃动着的厚厚的尾巴。它也喜欢和我亲昵，不管我怎样捉弄它，它都会不住地回头，用深情的目光凝视着我。

到下一个夏天的时候，它已经长得很强壮了。我的学习也开始忙碌了，陪伴它的时间越来越少了。所以，平时我上学的时候，它都是跟着妈妈一起去田地里面晃荡。妈妈在哪儿，它就安静地陪在哪儿，从来不单独离开妈妈跑出去玩。所以，妈妈对它也疼爱有加。每天我放学后，总会在村头看见它颇有绅士风度地蹲在地上候着我。当它看见我了，就会迅速地起身摇摆着那毛茸茸的大尾巴向我跑来，然后在我脚下磨蹭着。每次回家后，我就喜欢把它当马儿一样，坐在它身上，玩一会儿；然后再站在它的身后，抬起它的两只前腿，让它像人一样站立着，我推着它往前走。每当这时候，它都会不住地回过头，目不转睛地注视着我，我知道这样的动作会让它不舒服，可是它并没有反抗，我觉得挺好玩的，所以每次都会这样推着它往前走许久，还想着，会不会有一天，它可以像人类一样直立行走。

后来，我上初中了，一周回一次家。每次从家里出去的时候，它都会跟着我跑很远，直到我上了去学校的车，它还不离开，也跟着要上来。但是，都被我给推了下去。当车门关上的时候，它的目光还停留在车门上。直到车开走了，它的身影才慢慢地在我眼前消失。每个周末回家，走到村头的时候，如果它在附近和其他的小狗儿嬉闹着，不管它玩得有多欢乐，只要看到了我的踪影，它就会立即赶过来，然后摇晃着尾巴跟着我一起回家。回家后，我总会抱着它亲昵好一阵，虽然它已经长大了，也很强壮，但是它那眼神，那动作，和它小的时候并无两样，所以，在我眼里，它一直都那么可爱，那么招人喜欢。

记得它有一个很坏的毛病，就是每天凌晨四点半左右的时候，总要出门小便一次。每当它要小便的时候，它就会去用头蹭着妈妈房间的门，直到妈妈醒来，给它开门，它出去小便完，便立即又回来了；有的时候，它小便完了，回头望了妈妈一眼，示意它要出去玩，不回来了，便会径直离开，妈妈就会直接关上门。当然，大多数时候它都会回来，只是偶尔外面有别的狗儿的时候它才不回的。它的这个习惯持续了许久，每天凌晨，不管寒冬酷暑，妈妈一听到它的敲门声就会起床给它开门。我很诧异，为何从一开始，它就知道去敲妈妈房间的门，而不是敲我房间的门呢？难道它知道我很懒，不会给它开门？这个问题，我一直没想通。因为从一开始，它就不曾在夜里敲过我的门，尽管有许多个夜晚，它就睡在我的房门边。我读初二的时候，有一次回家，妈妈下地干活去了，不在家，狗儿也不在家。这时，爷爷喊我过去。我去了，他说他要告诉我一件事情，说我听了一定会大哭一场的。一种关于狗儿的不祥预感涌上心头，因为在过去的那个冬天，有许多不良狗贩子，在各处埋下了套狗的链子或者有毒的食物，或者直接用猎枪射击。我家的狗儿曾经被狗链子套住过一次，幸好当时妈妈在它身边，救了它；接下来，有一次，它被猎枪给打中了，左侧的小腹被打穿了一个洞，可是，它还是强忍着剧痛蹒跚着回到了家中。我们以为它活不下去了，可是，没想到，它每天都躺在厨房里，时不时地自己舔着伤口，一周后，那伤口竟然痊愈了，它竟然又活蹦乱跳了！那时，全家人都开心极了！

当我听到爷爷对我说这话的时候，我脑海里的第一反应就是狗儿是不是出什么事了。

我的心中很是慌乱。

接着，爷爷告诉我，是妈妈将狗儿卖给了村里的屠夫。爷爷说，屠夫在给狗儿喂食的时候，用铁链子紧紧地套住了它的脖子，然后将它绑在摩托车上离去了。

听着狗儿这悲惨的遭遇，我的眼泪竟然没有掉下来。妈妈回来了，闷闷不乐的样子。我看着她沧桑的脸庞和布满泥土的衣服，我没有说话。我知道，我不能怪罪她，她如果不是万不得已，是不会将狗儿这样卖出去的。所以，面对妈妈，我一句话也没有说。

也许妈妈见我这样一声不吭的有些不安吧，她说，她之所以会这么狠心地卖了那狗儿，是因为她要出去打工了，没有人领养我家狗儿，正好她也没有出门的路费。在内心的几番折磨下，她才狠下心来将它给卖了的。妈妈说，狗儿卖了80元钱；她说，狗儿在被屠夫捆绑住的时候，没有挣扎，也没有惨叫，只是很安静地任由屠夫摆布。妈妈说，狗儿那样温顺，让她很是心痛，很是难过。

我心中犹如被割去了一块肉，痛得我不想有任何的表达。我将自己关进房间，不停地回忆着狗儿的各种样子。它还那么年轻，只活了三年的时间。如果不是家里那么贫穷，如果不是我要读书，妈妈就不会要出去打工挣钱了，也就不会将狗儿卖了。

我那么疼爱的狗儿，最后被卖了，卖了80元钱，然后成了别人桌上的美食。我只要想一想，就会心痛无比。后来，我一直都很怀念我养的那只狗儿，但是我一直都不敢再养了。我太对不起那只狗儿了，它本来还可以好好地活许多年的，可是，它却被迫被人吃掉了。

再后来，我翻妈妈的笔记本的时候，看到了一张图片，是妈妈画的一幅画，画上面蹲着一只狗，狗儿的舌头伸在外面，尾巴悠扬地翘着，目光望着主人归家的方向；狗儿的身后，是我家的平房，房子的大门上着锁……我看了看日期，那幅画，是在妈妈出去打工的前夕画的，距我看到的时候，已有一年多。

我知道，妈妈内心遭受着比我更大的痛苦，所以，我从来不曾怪罪过她，虽然我内心很难过，但我知道妈妈更难过。

我最亲爱的狗儿，就这样永远地消失在我的生命里了，除了回忆，没有留下一丝痕迹。那个时候，我还没有相机，也没有手机，没有能够为它留下一张照片。但是，我知道，它曾在我的生命中生活过，也给过我许多快乐。如今，我总会莫名地想起它，想起它可爱的模样。

我想，它将永远活在我的心里，永远鲜活在我的记忆里。

第三辑　书是一座山

书缘

  小学时，想要看一本书，得四处找人借。而我那时又过于腼腆，鲜少开口。幸而那时同学们天真烂漫，热情大方，绝大多数都至纯至善，于是总有几个好同学知道我喜欢看书爱主动带家中好书给我看。那时的好书，不过是些童话故事之类的。现在的孩子，谁想要看书父母几乎都会给买。而在我读小学时候的九十年代中期的农村，只有家庭条件特别优越的同学才有这些书的。当年曾借书给我看的几位同学，后来都成了好朋友，一直住在我的心中，像我的亲人，想必会成为我这辈子永远感激的人。

  初中阶段，因竞争激烈，同学们有了一点私心，便出现了一件问人借书而遭碰壁的旧事。那次借书碰壁后，我脸红了好一阵。至今仍清晰地记得，在那个晚风醉人的语文晚自习上，我看我的女同桌有一本汪国真的诗集，当时很想看，于是鼓起了极大的勇气，向同桌开了口，没想到却被婉拒了。理由是，那是她哥哥的书，她不便借人。从此，我与她之间的关系，像是一座大山突然被一条从天而降的河流劈断。自那以后，我脑海里再也没有关于她的回忆。在那之前的许多美好回忆，也竟不知不觉地像雪融化了一样，再也找不到一丝纯白的痕迹。老实说，当时我的内心是受到了伤害的。因为我极不爱问人借东西，也极少问人借东西，那大概是我生平第一次主动向人开口借，没想到却被拒绝了。那一个拒绝，让我此后更不爱问人借东西了。

　　幸运的是，那时有几个男同学，家里书比较多，而且为人大方，经常会主动把自己的藏书借给我看。那时，看的主要是《读者》《青年文摘》《意林》《少年文艺》等杂志。在繁忙的学习之余，能看一看自己喜欢的书，是特别惬意的。所以，那时候读的那些文字，像初恋一般美妙而难忘。

　　看书看多了，语文成绩就莫名地变好了。语文成绩好了，语文老师就喜欢表扬了。作为学生，能被老师表扬就是最幸福的事了。当然，如果因为被表扬而骄傲，那就是最可怕的事了。而我当时，经常被我的语文老师表扬，内心也滋生了一些可怕的骄傲……那个最爱表扬我的语文老师，也是一个爱看书的人。他有许多的书，又是一个极有情怀的好老师。他那时候经常把自己的书拿到教室，在语文晚自习的时候借给同学们看，而且很多《创新作文》之类的书他都不让我们还，直接赠送给了爱书的同学们。在那时，别的班的同学们都在不停地做试卷做题，或者听老师讲试卷抄错题。而我的这个语文老师，却不喜欢那一套。我记得很多语文课他都是给我们用来看书或者做作文展览的。犹记得，那些课上，同学们都将自己写得最好的作文贴在课桌上，然后大家在教室里流动着欣赏彼此的作文。那个时候，我们就像心怀蓝天却置身牢笼的鸟儿得到了短暂的自由，而那自由时间里我们所欣赏到的不同同学的不同的文字，就像《钢铁是怎样炼成的》这本书一样励志，所以同学们彼此的作文都给彼此快要干涸的心河下了一场及时雨，让我们的内心重新充盈起来，让我们不再厌烦枯燥的学习生活，反而觉得那是一种历练，一种幸福。

　　进入高中后，学习更加繁忙，除了语文课上可以阅读一些课本上的文章，看书的机会是少之又少的。高一上学期，除了语数英政史地，还有理化生。九门课程都要学，音体美我都不记得有没有上过。只知道，看书的时间，几乎没有。那时候的午自习，还有很多好学的同学从来不睡觉，一直在那全神贯注地看书、做题。害得我们想睡觉也不敢睡，想看课外书也不敢看。高一下学期要分科了，我果断选择了文科。当时以为文科可以有很多时间看书，结果读了才知道，原来政史地也有做不完的题，更有背不完的知识点，毫不夸张地说，高中的那六本历史和六本政治书，我们可是每一页都全部背诵了的，而且是滚瓜烂熟地背诵了好多次的。那我们哪有时间看书呢？鲁迅说，时间就像海绵里的水，挤挤总是有的。于是，我们想看书的，会在夜里宿舍熄灯后，自己打个小电筒躲在被窝里偷偷看的。现在想想，真佩服那时候的精力。那时候早上五点半起床晨跑，接下来一直上课到夜晚八点半，甚至九点半。而我们还经常熬夜看书到十二点。那时光，回忆起来真是青涩，也够励志的。高三那年，我买了四大名著。在一个幽静的自习课上，我在那看《红楼梦》，还没进入看书状态，就被班主任发现了。他慈爱地对我说，快要高考了，不要看这些杂书，要认真学习，高考完了再看。于是，我就把那几本书放进了宿舍，再也没看。高考完了，要带回家的东西太多，那几本书不小心被遗忘掉了。高考完后，我像脱缰的野马，变得爱玩了。经常和朋友们到处游玩，吃喝逛，看书这回事，似乎都忘却了。

　　到了大学，学校环境优美，还有一个很大的图书馆，以为是学习天堂。结果，由于自己心志不坚，玩心大增，加上各样的诱惑变多，荒废了大量的美好时光。现在想想，感觉有些遗憾，但也得承认那是我独一无二的美好青春。

　　毕业后，进入了社会。慢慢地接触到了各种各样的人，粗略地领略了各种各样的生活，阅历大增，心态也发生了许多变化。心累的时候，吃喝玩显然无法排遣心内的孤独或忧伤。于是，我又想到了文字。于是，我又重拾看书的癖好。

　　进入社会的最大好处是，自己有工资了，可以尽情地买自己想要的书了。故而，毕业才四年多，我已经买了数不清的书。书房的书架上已经摆满了书，我卧室的书桌上，也有不少书。让我汗颜的是，我买了这么多书，真正看完了的估计不到百分之一。前天早上我收拾整理书架，发现有几十本书买回来很久了竟然还没有拆封。而那些书，多数还是我心心念念许久的，都是我一直想看的……想到这里，我赶紧把它们挪到我的卧室，并对自己说，要尽快看完。一眨眼，又过去了整整三天。今夜，外面飘着雨，凉凉的风透过窗子吹到我身上，十分凉爽，让我有了看书的冲动。于是，我从床上爬起来，坐到了书桌旁。先喝一杯水，然后看沈从文的《水云》。看了几页，感觉沈从文不是我想象中的沈从文。他的某篇散文，看下来有几十页，简直比史铁生写的长散文还长，我看了一会儿便累了，合上书，我瞥见了《纳兰词》。这是我以前很爱的书，以前借朋友的《纳兰词》看过，而且摘抄了很多。而我桌子上的这本，是我去年夏天买的，至今没有拆封。纳兰词很美，是一种凄清的美，很像飘着雨的今夜。当我打开它的时候，发现这本书是彩版的。我望着一句句美美的诗旁边有着美美的画，心瞬间变得柔软起来……

　　我轻轻地翻着这本极美的书，风轻轻地在我身上跳动着。我望着书里的优美的诗句，整个人整颗心，都掉进了回忆的旋涡里，越陷越深。我想，书，大概就是我此生最永久的伴侣吧。

"隐身"的串门儿

最近嗜书成性，看完一批书又接着买书中出现的另一批书，看完另一批书，又跟着追寻书里所说的下一批书了。如此往复，似无尽头。今天下午，烈日炎炎，我新买的一批书又到了，我满心欢喜，因为映入眼帘的都是我最期待的书的模样。我美滋滋地抚摸着那些装帧精美的书皮，心似置身落花飘飘的十里桃林。

我感觉我的生活已经离不开书了：每天下班回家后，我的空余时间都用在看书上了。书，已成了我生活的一部分。

年幼的杨绛曾说，三天不看书，会觉得虚无。一周不看书，那一周的时光都白过了。

这世上，如杨绛这样的书虫有很多很多。那么，书为何让人如此着迷呢？对于这个问题，大概很多人都思索过，也有很多人怀疑过。思索过的人，多半是爱看书的人。怀疑的人，自然是不喜欢看书的人。不爱看书的人，喜欢称爱看书的人为"书呆子"，无论是调侃，还是讽刺，这样的称呼，我想都是爱看书的人不乐意接受的。我小时候，就经常被人呼之"书呆子"，可我从不反驳，我只觉得，这是思想与思想之间的差异，人与人之间的隔阂。我喜欢的人，我喜欢的事，多半都和书有关。至于喜欢我的人，有没有也和我一样喜欢书，我就不清楚了。但我心底，是希望喜欢我的人也能喜欢书的。

我爱上杨绛的文字，起初是源于她和钱钟书的爱情。因为对他们爱情的强烈好奇，我买了几本杨绛和钱钟书的书。我是看完杨绛的书，再依着她笔下的文字，去追寻钱钟书的文字的。二人文字风格迥异，相似的却是对彼此的爱意。他们在一起的点点滴滴像一部温情脉脉的电影，看得我醉醺醺的。合上书，我的心久久不能平静下来。经过一场好觉平静下来之后，我又发现我竟什么也想不起来了。这时，我也会觉得空虚。不知是自己的记忆出了问题，还是生活本身就是一场虚无的梦。

那么多的文字，那么多的人，那么多的故事，都曾鲜活在作者的笔下，鲜活在读者的眼里，却终将随着时光的流逝，消失在时间的流里。无论是写书的，还是看书的，都会随着这些文字，消失在虚无的时光隧道里，不留一丝痕迹。

诗人余秀华曾说："活着，就是一个过程。"我们在活着的时候，好好地活着就行，又何必总是想那些活着以外的事情呢？正如我们在看书的时候，好好地看书就行，又何必想那么多文字之外的虚无呢？

无论我们看与不看，想与不想，那些已经生成的文字，都在那里，安静地活着。当我们翻开书的时候，它们就会一个字一个字地蹦入我们的眼里，跳进我们的心里，和我们缠绵着，低语着。当我们孤独寂寞的时候，有文字作陪，又何尝不是一种幸福呢？

而且，我们想找什么样的文字作陪就可以找什么样的文字作陪，是多么随意，多么自由啊！

写到这里，我想起杨绛曾将看书说成是"隐身"的串门儿。她说，看书的最大好处是自由，无拘无束。想去看谁的书，了解谁的作品，不用提前打招呼,不用敲门,不用说一些麻烦的客套话,随时翻开书就可以去自己想去的地方了。待久了,想要离开了,也不用打招呼,不用找要离开的推辞,合上书就是了。在书的世界里,我们就是"隐身"的客人,想串谁的门儿,就可以串谁的门儿。串了一个门儿,可以接着串下一个门儿,而且不用挑时间,不用挑地点,想什么时候串门儿就什么时候串门儿,想在哪里串门儿就在哪里串门儿,想什么时候开始就什么时候开始,想什么时候结束就什么时候结束。这一切,都是由自己主宰的。串完门后,自己有什么想法,也都可以随心所欲地记录下来,不用担心被谁瞥见……

  我想,看书时的我们不仅是"隐身"的,还有一双"隐形的翅膀"。我们背着这对翅膀,可以随意地飘,随意地飞,文字无止境,思想无止境,我们的旅途也无止境。

  带着一双隐形的翅膀,隐身在书的海洋里,像一条自由自在的鱼,遨游在无边无际的大海里,是多么幸福的一件事啊!

人生犹似飞鸿踏雪泥

　　打开视频播放器，本想搜索一些历史纪录片看看，以补充一点历史知识。不巧，一眼便瞥见了关于苏东坡的大型人文纪录片。于是，将一切抛诸脑后。点开视频，从第一集开始看起。

　　最先入眼的是东坡肉。早就听说苏轼是个美食家，可当我看见那一块块滑嫩嫩的东坡肉，有点肉紧。不懂为何将它们呈现在这么文艺唯美的画面中。还好，这些"肥肉"只闪烁了几秒钟，我便如愿以偿地进入了苏轼的人生画卷里。

　　苏轼于公元 1037 年出生在四川眉山。与父亲苏洵、弟弟苏辙并称"三苏"，均名列唐宋八大家。苏轼在考取功名时，遇到人生的一大伯乐——欧阳修，顺利进入仕途。然而，当时的北宋积贫积弱，急需改革。卓越的政治家王安石举荐变法，获得众人支持。而苏轼却心存疑虑，担心过于激进的变法会给百姓带来困苦。然而，他的疑虑并没有得到大家的尊重。心情郁闷之下，他写诗讽刺变法，被人抓住把柄，大做文章，导致他被关进大牢，史称"乌台诗案"。

在大牢的 130 个日夜，暗无天日。唯有抬头，才能看到一片狭隘的天空。入耳的，多是乌鸦的喧闹声。时值北方的冬季，酷寒无比。大片大片的雪花飘入牢里，让苏轼的心凉如寒冰。他不知道他接下来的命运是什么，他备好了毒药，以便在接到死亡通知书时自行了断。

所幸，他是当时最负盛名的才子，获得了众人的求情。大家都认为，才子不可杀，这让皇帝有了个台阶下。于是，皇帝将苏轼贬谪到遥远的黄州。当时的黄州，到处是荒山野岭，一片荒芜。苏轼一路奔波，来到黄州后，既无俸禄，又无耕地，吃饭都成了问题。而且，乌台诗案的阴影在他心中一直挥散不去，让他惊魂未定。没有安身之处的苏轼得到一位庙宇之中的和尚相助，和尚赠予一间屋子给他居住。苏轼在庙宇中，接触了一些佛法。后来有一次，苏轼自以为修得佛法真谛，让人传信给老和尚。老和尚见苏轼在诗中写道，"八风吹不动……"云云，连说两个"放屁"，苏轼知道后，立即赶来。老和尚却早在一旁等候着，大笑道，"八风吹不动，一屁打过江"，逗得苏轼哈哈大笑。

言归正传，为了生存，苏轼渴望有一片土地。在友人的帮助下，在庙宇的东边，他有了一片长满野草的荒地。他点燃一把火，放进杂草丛，迅速蔓延开来的火花在苏轼的眼里不停地闪烁着，他似乎看到了新的希望。因在庙宇东边获得的土地，所以他便以"东坡"自居。

烧完杂草，露出一口枯井。苏轼大悦，灌溉的问题就这样解决了。鉴于土地比较贫瘠，苏轼就在上面种了生命力顽强的大麦。当大麦成熟之时，有老农对苏轼提议说，第一年的大麦果实最好让牛羊啃掉，踩烂，来年才会获得大丰收。随性的苏轼愉快地接受了老农的建议。

在劳累的农耕之余，苏轼喜欢到处找人谈天说地。曾经的他，是大名鼎鼎的才子。可到了这里，他不过是一位贫寒的农夫，已无法再过"谈笑有鸿儒，往来无白丁"的生活。当然，苏轼这样一位天真善良的人，自然对任何人都是平等看待，友善对待的。他找农夫们玩，想让他们给自己讲故事听。可是农夫们都不会，苏轼便让他们编故事，可他们也不会编。苏轼没办法了，只得自己给他们讲故事听了。在淳朴的笑声中，苏轼慢慢忘却了官场的沉闷压抑。

乐观的苏轼，在经济极为拮据的时候，买不起肉菜。去市场转了又转，买回了一些连穷人都不愿意买的肥肉回来。他烧着小火，将肉放在罐子中，慢慢地炖着，将肥肉里的油都烤出来。最终入口的肉，肥而不腻，被美名曰"东坡肉"。此后，他还在一次偶然中，发现面条被油煎成饼状后极为美味，兴奋地跑出去告诉商贩，一道新的美味"东坡饼"就诞生了。

这些看似怡然自得的农耕生活，不过是表面的快乐。作为一个有良知的文化人，作为一个独一无二的大才子，苏轼的心中还有着忧国忧民的政治抱负。可高洁的他，不愿与人同流合污，不能获得同僚的联谊，不能获得皇帝的欢心。心中的忧愁，只能付诸酒里、诗里，还有那汩汩向东流的江水里。

有一天，他望着赤壁，心中的万千感慨喷薄欲出，一首前无古人后无来者的《念奴娇·赤壁怀古》就这样诞生了。起初，苏轼感叹当年的周瑜、曹操在年轻时便雄姿英发。而他年过四旬，一无所获，还早生华发。可情至高潮时，苏轼心中的乐观豪迈便爆发了。所以，他说"人生如梦，一樽还酹江月"。是啊，人生不过如一场梦。大江东去浪淘尽，千古风流人物又如何？

苏轼在黄州生活了四年，做了一堆的善事。这四年，是苏轼人生的转折点。黄州，因而也成了苏轼的第二故乡。他给黄州留下了许多珍贵记忆。而今，黄州的"东坡肉""东坡饼""东坡纪念馆"都是为了纪念他。而且，黄州最有名的"遗爱湖"也是因苏轼的《遗爱亭记》而得名。当年，他为了纪念他逝去的恩人，在湖边修了一个亭子，取名"遗爱亭"，寓意"人去而思之"，并写了著名的《遗爱亭记》。后来，那片美丽的湖就叫遗爱湖了。

　　接着,朝廷换了新党。苏轼被召回朝廷,且被授高官。有了乌台诗案的教训,苏轼在官场的言行都有所收敛,却还是无法与其他人意见相同。因为,诸多官员首先考虑的都是自己的利益,而苏轼推崇的是保障百姓的利益。此时的官场,都批评否认王安石变法,主张废除王安石变法的所有内容。苏轼却认为,应该去除不适合现状的变法内容,保留有利于百姓的内容。这,又成了矛盾的起点。苏轼明白,他与官场的矛盾永远存在,会愈演愈烈。于是,他强烈请求去地方任职,远离朝廷纷争。

　　终于,他被派到杭州做太守。来到杭州西湖边,入眼的便是西湖的狼藉。他做的第一件事就是清除西湖的淤泥,众多的淤泥,无处安放。他提议,将那些淤泥堆成一道河堤,再在河堤上种柳树。于是,就有了今天的"苏堤"。苏轼一心向善,为了保护西湖的水质,他还将西湖边缘水域租给农民种植菱角,这样不仅保护了西湖环境,还能为农民增加收入,一举两得。

　　在杭州的日子,苏轼过得十分愉悦。一次,他站在西湖边的亭子里,目睹了夏季的晴雨变幻,写下了旷世佳作《饮湖上初晴后雨》。在他眼里,西湖就像西施,晴天时很美,下雨了也很美。

　　不知是在杭州过得太怡然自得招人嫉妒还是什么别的原因,公元1091年,苏轼被皇帝召回朝廷,但他既看不惯旧党,又看不惯新党,与人政见不合,被贬颍州。

　　1093年,新党再度执政,将他贬至惠州。在惠州,他遇见了人生的知己朝云。据说,有一次苏轼问身边的人,他的肚子里装了什么。众人都回答说装了一肚子的学问之类的。而朝云却说他的肚子里装着"一肚子的不合时宜",苏轼哈哈大笑。朝云是苏轼精神世界的伴侣,可不久后便因为瘟疫去世了。

　　苏轼写诗悼念朝云,却遭昔日的好友而今的政敌章惇嫉妒,认为他在惠州过得太逍遥。于是，苏轼又被贬至儋州。在去儋州的途中，苏轼遇见了弟弟苏辙。思绪绵延，内心颤动，写下诗词数首。苏轼一生的诗词，有许多是写给弟弟苏辙的。比如那首千古流芳、名扬中外的《水调歌头》。

所幸在儋州，苏轼有儿子陪伴。日子虽凄苦，但还有些慰藉。

公元1100年正月，宋哲宗崩逝，徽宗即位，大赦天下。同年五月，苏轼被赦免了流放海南之罪。返回途中，年迈的苏轼依然很乐观，尽管被流放的这些年，他家一共死了九口人，他依然用豪迈的气魄来抵御生活的残酷。又或者，在他眼里，根本没有残酷这回事。

他所经过之处，都有很多百姓争着围观这位旷世大文豪，都想目睹一下他的风采。

不幸的是，在公元1101年七月，苏轼病逝于常州，享年六十六岁。

"人生到处知何似，应似飞鸿踏雪泥"，这大概就是苏轼一生最好的写照。他来过这个世界，爱过这个世界，给这个世界留下了美丽的足迹，然后离去。

钟情于季羡林散文

  小时候，一个偶然的机会，读了一篇季羡林老师的散文，很是喜欢。
  那时，我还是懵懂的少年，读的刚好是他年少的那段经历，心里瞬间激起了千万层浪花。
  年少的他，喜欢发呆。只在看书的时候，眼睛有光。
  小小的他，读了许多中外著作，大多数到老了他都还能熟练地背诵下来。
  他的背诵，完全是出于喜欢，出于好奇，所以背得快、背得多、背得牢。
  我静坐在书旁，脑海里尽是一个清秀少年沉迷在书海的模样。
  自那以后，我就迷上了季老师。一有能看到他书的机会，我就毫不犹豫地抓住不放。
  学生时代，老师将我们学习抓得特别紧，而且经济又普遍拮据，亲朋好友也没有谁爱看书，所以能看书的机会不多，能看到季老师文字的机会就更不多了。

偶尔，在语文试卷上读到他的文字，我的心中就会偷偷窃喜一阵。我清楚地记得，当年许多同学都不喜欢做语文阅读，他们都认为读不懂。尤其是散文阅读理解，简直是天书，无从下手。而我，却觉得做散文阅读理解是一种享受。因为，我终于可以安心地专注地读一下优美的辞藻了。

少年时代的我，是个小书虫，也算个小学霸，成绩还算可以。自家有个表哥，没读完初中便因家庭贫困辍学了，只身一人在天津闯荡，混得还算不错。他很喜欢读书，也爱读书人。所以，他很欣赏我，对我很好。有一次，听说我爱看季羡林老师的散文，他竟然亲自去天津的一个书店为我挑选了几本季老师的散文集，并在暑假的时候，将书带回老家，送给了我。

接过书的那一刻，我的内心是非常开心、非常激动的。要知道，这是我人生中第一次拥有完全属于自己的书，而且还是我最喜欢的作家的书，我怎能不开心，怎能不激动呢？

表哥离开后，我便将自己关在房间里。拆开书，摸了摸那散发着清香的白白的厚厚的纸张，高兴地笑了。

自幼生长在农村的我，在这以前都不曾摸过装帧如此精美的书籍。在这以前，我看的零零星星的数十本书，都是从各个不同的同桌那里借的。借的书，因为要还，所以总想早点看完，看得不够踏实。

我对着我拥有的第一批完全属于自己的书，心中感慨万千。不过，我明白，这些感慨并无多大用处，不如趁早把书咀嚼完。

于是，我花了一个下午的时间，读完了一本《季羡林散文集》。以前，我只对年少时的他有些许了解，觉得他是个朴实的孩子。

那个下午，读完他的一本散文后，我大概地了解了他的大半生。那年，我也算是个孩子，却觉得自己读懂了他。我记得，读《赋得永久的梅》时，我的眼睛还湿润了。他的母亲在他大二的时候突然离开了人世，临死前都未能见上他一面。他匆匆回家奔丧，迎接他的是陪伴母亲多年的一条老狗和一间简陋的破屋。他的母亲冰凉地躺在那里，他的眼泪止不住地往下落。他的心有多痛我自知无法完全理解，但是那个画面却是永远地定格在我的脑海。他再次离开家乡的时候，他母亲养的那条老狗，一直蹲在家门口，用哀怜的眼神目送着他……他是带不走那条狗的，只能任其听天由命了。我想，那时的他，眼里定是噙满了泪的。至今，我一想到那个画面，我的眼里也会冒出几滴热泪……

远离家乡，他四处深造。在德国哥廷根留学十年，清心寡欲，潜心研究学问。归国后，在北大任教，做研究。

他精通十二国语言，对梵语做了深入的研究，并出了厚厚十几本专著。有一次，我在一个书店看到了他研究梵语的专著，觉得十分亲切，又十分遥远。

那些书，我不仅看不懂，甚至还买不起。可那些书，是一个有着赤子之心的人写出来的，我看了便觉得舒服。我仰慕他，如同孩子仰慕父亲。

学生时代，我几乎读完了季老师的所有散文集。也许是缘分，我高考那年的阅读理解，考的就是季老师的一篇散文，具体是哪篇我想不起来了，但是我清楚地记得，在紧张的高考考场上，我看到那篇熟悉的文章时的美妙感。

不过，他的文章也曾给我带来过窘迫。记得大学考普通话的时候，我抽签抽到的朗诵作品是他写的《星星的海洋》。当时，内心既欢喜又忧愁。欢喜是因为觉得自己和他有缘，忧愁是因为自己是湖北黄冈人，不知是天生的缺陷还是后天训练不足，我们很多黄冈人都对后鼻音说不标准。可那篇文章里出现了好多好多的"星星"，我当时只得一个字一个字慢慢地往出吐，紧张极了，考完了身上满是细汗。幸好，那次普通话考试顺利地过关了。

当然，我喜欢他的文字，不是因为他的文章常出现在我的人生考题中，而是因为我喜欢他文字里的质朴与纯真。

今夜，在百忙之中抽了十分钟，又读了一篇季老师的文章，是一篇他为散文集写的序，颇有感触。季老师说，中国自古以来，便是世界上最大的散文国度，中国的许多古文，都是绝妙的散文。可是，散文，却一直不被欣赏。提起文学，人们脑海里便会浮现诗歌和小说，想到散文的不多。因为散文主要是用来抒情或叙事的，而诗歌主要是用来抒情的，小说主要是用来叙事的。人们要抒情，便会写写诗歌。人们要叙事，便会写写小说。散文，介于小说和诗歌之间，感觉有点多余，所以总是被忽视，被遗忘。

季老师却一直十分热衷于写散文，他觉得只有散文，才是最真的。好的散文，比诗歌小说更动人。受他影响，我也十分喜欢散文。

散文最大的妙处，就是真。季老师常说，写文一定要真，切记不能总是说大话、空话、废话。我们所写的内容，一定要是源于生活的，哪怕是些琐碎的小事，只要触动了自己，写出来就是极好的。

我很喜欢他的这些想法，也觉得这样的想法才是一个文人该有的想法。

他做人亦如此，朴实真诚。身为北大副校长的他，常常穿的是一身布衣，配一双布鞋。以至于有次开学季，有个新入学的学生以为他是校园里打扫卫生的老头，让他帮忙看行李。学生太忙，再回来已过了大半天，那个"老头"却依然守在他的行李旁……

这就是季老师，朴实无华的季老师。

初知他的时候，他还健在，每天对着窗前的花草日月，看光影浮动，著万千文章。

也曾幻想过，有朝一日能亲自去看他一眼。

可，他却在2009年7月11日永远地离开了这个世界……

而今，闲暇时，我依然最爱读他的散文。

他也一直活在他的散文里，真实而动人。

读海子的诗

　　最近认识了几位诗人,他们的诗都写得很美,让我对诗歌产生了浓厚的兴趣。可我从小就不会写诗,也没认真研究过怎么写诗,对于很多诗歌,甚至都看不懂。没有办法,只得从零开始努力,于是,赶紧去书店买了一本海子的《面朝大海,春暖花开》。

　　一回到家,我就虔诚地拿起了海子写的诗集。我抚摸着洁白无瑕的书皮,如同抚摸一片天使的羽毛,心中感慨万千。

　　犹记得,第一次知道海子,是因为"面朝大海,春暖花开"这句诗意的话。第一次记住海子,是在某杂志上读到的一篇文章,那篇文章的题目、作者,甚至内容我都记不起来,我只记得其中一个画面。那就是,海子离世后,他的母亲日日哭泣,日日在村头遥望、守候,双眸红肿得不堪入目。

　　那时,我是个不谙世事的少年。没有多少钱,没有多少知识,更没有什么背景。读了那篇文章后,我沉思了许久。对他的离世,我完全不了解,所以不存在怀疑和批判,只觉得很可惜,是个悲剧。那时的我,年少多愁，很担心他的母亲，想着她今后的日子要怎么过。反复思索了许久，除了感慨，便是心痛。

日子一晃就是十几年。在过去的这十几年里，我没有怎么接触诗歌，更没有怎么接触海子的诗歌。他的母亲，也慢慢地藏进了我的心底，只是偶尔在与母爱有关的场景中想起。

近日，一直在读海子的诗。他的诗，语言很干净、简洁；意境很飘逸、洒脱，里面有很多雨滴飘落，也有很多雪花飘飞。

我一直读，一直读，似进入了一个空荡荡的无人之境。里面住着一个披散着头发戴着眼镜的海子，他穿着一身宽松的素衣，张着双臂，爽朗地笑着。

我想起了他的苦痛：爱情、流浪、生存。随着他的苦痛，我陷入了沉思，然后又露出了笑容。这苦痛，何止是他一个人的苦痛呢？简直是天地万物的苦痛呵，只不过是他先思索出来，他先承认罢了。

我又想起了他一生的幸福：诗歌、太阳、王位。跟着他的幸福，我不敢挪动脚步。这幸福，太深远，感觉不是自己这样的小人物所能向往得起的。可我还是忍不住默默地品读了几番，然后惊觉其间有大爱。

海子是个自由洒脱又烂漫的人，他一生去过很多地方，有很多见闻。他的灵魂去了更多的地方，有着更深的向往。

我读着他的诗，只觉得没有哪一首能读懂，却又觉得每一首都值得去读一读。有的诗，我连续读了许多天，还是感觉完全读不懂，读不懂他要表达什么，也读不出他描述了什么。只是默默地不停地读着，脑海里隐隐约约闪出丝丝光亮。跟着他的诗句，有种走遍世界，走遍宇宙的感觉。我感觉自己一会儿在拥挤的人群里，一会儿又在深深的海水里；一会儿在飘着雨的半空里，一会儿又在浩瀚无垠的银河里。

读他的诗，我有一种朦胧的四处漂泊的感觉。

他的诗里，住着宇宙万物。

他的诗里，时时下着雨。

我想，那些雨，就是他虔诚的爱与泪。

他有一颗大气磅礴的爱人之心，宇宙里的万千哀愁也都深藏在他心。他拥抱不了太阳，做不了宇宙之王，唯有诗歌，才是他的幸福，才是他的爱。

我沉默地读着他的诗，内心变得如一座待喷发的火山。

近来，不知是什么机缘，有幸认识了海子生前的好友舒洁。刚好，最近舒洁去了海子的故里，替海子看望了他年迈的双亲，并向我们描述了一个真实的海子。

我看着舒洁照片里的海子的母亲及兄弟，内心有许多欣慰。年少时存下来的海子母亲的那张满是哀愁与沧桑的模糊的脸，终于有了一个真实的模样。

她，那么坚强，那么慈祥。

她，是海子的母亲，也是一位住在我心底多年的故人。

看着她一切安好，我仿佛觉得海子的一切诗句皆变得美好起来。

因为，翻开他的诗集后，我最先看的是关于他对母亲的描述。然而，诗句里的母亲，却是天地万物的母亲。

当时的惊愕，在此刻，了然。

临水照花人

　　生命是一袭华美的袍，上面爬满了虱子。

　　这句话，早在十多年前，我就熟记于心，但那时我并不知道说这句话的人是谁，也没有在乎。

　　直到昨日，我读了白落梅写的张爱玲，才知这句话的出处。

　　在白落梅美如雪花飘飘的文字里涉猎了张爱玲的一生，内心如经历了一场浩瀚的大雪飘落，久久被那厚厚的冷冷的纯白冻住。

　　张爱玲，在读她之前，也曾听说过她，还曾在书本上见过她的一张黑白照片：着一袭素素的旗袍，化一脸淡淡的妆，纤细的眉，纤细的腰，短短的卷发梳得齐整发亮，然后一脸的傲然。她的眼神坚毅有光，我初看只觉得凌厉，觉得她孤高傲慢。

　　许多人也都是这样看待她的，认为她是个孤高傲慢的人。没人能懂她，她认为能懂她的，大概就是胡兰成了。

　　为他弯腰低眉到了尘埃里，彼此携手许下了现世安稳的誓言，却早早地被辜负，被离弃，无力反击，只得用全身的傲骨来决绝回应，今生再不相见。

她是一个善良深情的女子，在胡兰成有难的时候总是慷慨解囊，却被初恋的爱情深深伤害，还被扣上叛国的罪名，让故乡不再是故乡，而是一个充满伤痕的旧地。

离开了胡，她去了异国他乡，不再与人联系，也几乎不与人交往。

一个年轻的生命，一颗年轻的心，在青春正好的年纪，被自己包裹起来。唯有文字，是她的信仰，是她活着的理由。

她的作品，红遍民国的上海，她的内心，冷过最坚固的冰川。

她拒绝再爱，拒绝年轻有为的导演的追求，一心写文、修心。

可她，毕竟是个女子，还是个年轻多情的女子。最终，她被一位幽默风趣的年长她30岁的老作家吸引，并与之相恋，又分离。

离别不久，她发现自己竟然有了身孕。她写信给他，他们再次相聚。他向她求婚，结婚的条件是不要孩子。她同意了，他们幸福地在一起了。

幸福的日子没过多久，他们便被贫穷包围。很快，年迈的他又疾病缠身。为了照顾他，给他安稳的日子，她回了故土，想靠文字卖钱，解决生活中的窘迫。可命运就是爱跟人开玩笑，她有着无与伦比的写作才华，却在她最需要实现其价值的时候不被肯定。她埋头苦写了几个月的稿子，并未能给她带来利益，她的生活依旧窘迫，她为五斗米折了腰，最后开口向朋友借钱。

这大概就是她人生最辛酸的一段时光吧，为了爱，她不介意。她带着他颠沛流离，照顾着年迈的生病的他，直到他离去。

她与他相伴十一年，然后彻底陷入孤独之中。

自那以后，她几乎断绝了与外界的所有联系，包括她的弟弟。

她住在租的公寓里，很少出门。一个人，望着人世繁华，写着人事变迁。

她是一个真正孤独的人，她的心，却是热闹的，她也是喜欢热闹的。

她是民国的临水照花人,她却孤独了一生。

她寂静地在异国的公寓里离世,享年七十六岁。别人发现她的时候,她已离世六七天。

她身着一袭旗袍,优雅地躺在装扮精致的小屋子的地毯上,面容恬淡,犹似去向了天堂。

思美人兮

（一）思美人兮月苍凉

　　年少轻狂如梦，梦里芳草香，梦里人儿靓。执手梦中人，共赏梦里月。梦里风景如画，时光如烟，来去无踪，只剩袅袅盘旋的飞烟，让人惊觉，是梦，更胜似梦。梦里有千山万水，却只有一个你，一个我，遥遥相望。我猜不透你，你看不透我，彼此皆含情脉脉，眼波流转，就是靠不到一起。那一瞬，我鼓起勇气，伸手向你眉宇间触去，你却没了踪迹。我慌了神，乱了心，一路随你消失的方向狂奔去，你消失在垂天瀑布的氤氲里，我也跟着化作一丝蒙蒙的雾，等待着再次目睹你的芳容。思你成殇，日子成了我饮不尽的烈酒。我日日醉在岁月里，醒在想你的每个瞬间。你去了哪里，我日夜思念，日夜思索着。

　　梦里的花儿不再香，梦里的月染尽苍凉。我守在你离去的悬崖边，诉尽衷肠，无人能懂。苍苍宇宙，渺渺苍穹，在我眼里皆是空。我走在我一个人的梦里，踩碎了一地的花儿，饮尽了一池的湖水，心里流了无尽的泪。

苍凉的月光洒在我披散着的长发上，照亮了我失去光泽的双眸，阵阵凉凉的酸涩，让我禁不住转动了一下双眸。眼波流转的那一瞬间，你又清晰地浮现在我眼前。我不敢伸手，也不敢呼吸，唯恐自己惊扰了你，唯恐你再次离我而去。

我定住了眼眸，止住了呼吸，只为了静静地看着你，听着你。你美得像一幅画，我醉得像是闯入了一首诗。正欲抬头看看你的眼，你却再次消失在天际。如一缕清风，转瞬即逝，徒留一抹微凉在耳边，簌簌地作祟。

你是我的梦，我的梦是你。我知道，我永远得不到你，可我依然愿意将所有的目光都投送给你。哪怕，你并不存在，哪怕，你永不珍惜。我也愿意，和着那苍凉的月光，默默地想你。

（二）思美人兮梦芬芳

今夜，我又走进了寻你的梦里。不知是缘还是劫，我一走进梦里，就望见了长发飘飘着一袭素衣的你。你依着一只猛虎，握着一支玉箫，在那云水深处，吹出缕缕情思。我疯狂地朝你奔去，你身旁的猛虎飞来，将我扑倒在地。我努力地挣扎，目光炯炯，只为多看你一眼。在猛虎张开血盆大口的瞬间，你悄悄飞来，驾着猛虎，穿过葱葱藤蔓，穿过飞流瀑布，再次消失在云水深处。

我凝望着你远去的背影，如望着满世界的幽兰花。你回眸一笑，犹似千万朵幽兰花齐吐芬芳，香气缭绕。我放任着呼吸，不停地换着气，只为体内多吸入一些你的芳香，只为了与你多一丝相近的气息。

我整个人，整颗心，都属于梦中的你。只要一闭上眼睛，处处都开着幽兰花，处处都散发着清香，你盘坐在花中央，笑而不语，眉眼盈盈似水。我不忍靠近，也不舍离去，只能远远地凝望着你，在花香中感受你的呼吸。

心如一汪浩浩荡荡的春水，在这漫天遍野的幽兰花丛中荡漾着。停不下来，也流不出去。唯有你深邃的双眸投射一丝光亮过来，它才会变得沉静下来，才不会胡乱地抖动着。

你是我梦里最美的女子，你日夜出现在我梦里，让我的梦成了一片绝美的花海，让我的心只属于梦里的花香，梦里的你。

（三）思美人兮心若香

不承想，有朝一日，在喧嚣红尘里遇见了梦中的你。你身着一袭布衣，唱着我的诗歌，在人间卖艺谋生。多么熟悉的你，多么亲切的你，多么想让人靠近的你。

我走近你的身边，不小心冲撞了你。你凶狠地将我划入纨绔子弟的那一列，对我横眉又瞪眼。尽管内心有委屈，我却忍住不对难得一见的你流露。我只是傻傻地盯着你，傻傻地看着你笑。你不知，为了站在你面前的这一刻，我期盼了多久。所以，尽管你将我视为下流之徒，我依然想要，这样傻傻地凝望着你。我的心永远随着我的情走，我如此思念你，怎能错过看你的每一分每一秒。

终于，你将我推开。我坠落在拥挤的人群里，周边一阵喧闹，我全然听不见。我欣喜若狂，四处去打探你的消息，只想与你慢慢靠近。我用尽所有的努力，放下所有的尊贵，抛下所有的思想，去接近你。

我离开我的家，来到你的家乡。日夜操劳，只为兑现给你的承诺。进入你的家乡，我犹如进入另一个世界。腐败、蛮横吞噬着淳朴的人，你的家乡一片荒凉，满是悲苦。我望着日夜操劳的你拼命地与命运做斗争，心里的泪如雨。悲天地之不公，叹人世之沧桑。原来，我从前的生活，浮华得不像话。原来，从前的我，是不谙世事的公子哥，空有满腹经纶。

你弯腰织网，你低头做饭，还吟唱着我的诗歌。我的心一阵酸痛，我的脸一阵骚动。我不懂你，你却懂我。我不懂岁月，岁月却懂我。我不懂烟火，却流转在红尘中。

你懂了我的窘迫，爱上了我的木讷。你我的心中开满了花。

我偷偷牵你的手，你偷偷藏着眼里的泪。

我们一起看山，看水，看红尘。

所有的时光都散发着我爱的幽兰香，比梦里的芬芳更芬芳。

（四）思美人兮心自香

命运的安排，将你我拆散。

桀骜不驯的我，斗不过纲常伦理，斗不过命运。

我留不住你，终究负了你。

然而，你却一直住在我的心里。

魂牵梦绕。

笑容与甜蜜，从此离我远去。

受了伤的你，怨恨我的你，逃不过爱的魔掌。

你跟着我的脚步，背井离乡，偷偷伴我左右，吞饮了多少苦痛，我不知。

你一边祝福着我，一边又吃起了醋。

你不知，我的心中一直只有你。

而我，敌不过命运的安排，走不出心里的枷锁。

我们成了永不能相依的刺猬知己。

彼此相伴，彼此了解，彼此守护。

当风云变幻，一切物是人非时，所幸有你在身边，所幸我能看着你。

当我纵身江水的那一瞬，我只见到了你那颗颗晶莹的热泪滚滚……

再念屈原

又是一年端午时分，艾蒿的香味又从记忆中飘出，划龙舟的热闹场面处处可见。在这隆重的传统节日里，我默默想起了汨罗江旁的那个白衣飘飘的诗人，想起了那一曲离骚，那一身正气。

我不是一位诗人，也不是一位学者，我不懂诗，也不谈诗。我只记得，在十七八岁的青春雨季里，我曾花了一半的积蓄买了一本屈子的诗集，还特意去书店买到了与之配套的朗诵磁带。

那时的每个假期的早晨，我都会跟着阳光一起起床，然后打开步步高复读机，播放起屈原的诗歌朗诵。那些孤清高昂的诗句，和着婉转清幽的配乐，被朗诵者缓缓地深情地诵读着……

跟着那一句句诗，我仿佛也去到了楚国，仿佛看到了那个忧国忧民壮志难酬的忧郁的屈子。他总是皱着眉头，内心的想法如奔涌的潮水起起落落，日夜都平静不下来。

他将自己的政治抱负与愁绪全部付诸诗句里，不怕路漫漫，上下求索着。

当目睹国破山河在的那一刻，他就再也按捺不住了。他似乎已看清形势，悟出命运。于是，在千百万次辗转反侧与冥思苦想里，他选择不屈服，纵身投进了奔流不息的汨罗江里，留下了一身正义，护全了一生的操守。

对于屈子的傲然离世，很多人不解，也不懂。贾谊曾写诗感叹，说屈子不该纵身投江。可谁知，多年以后，才华横溢的贾谊遭人诬陷，被明君打入政治的死牢，壮志也无处可酬。后来，贾谊成了太傅，没想到，他辅助的太子变成皇帝不久后的某一天一不小心坠马而亡，身为太傅的贾谊认为自己罪责难逃，最终在抑郁与懊悔中离世了。对于贾谊的死，一代伟人毛主席慨叹，他的死不及屈子的死有价值。屈子的离世，保持了自己的操守，坚守了自己的正义。而才子贾谊的离世，多多少少有些源于他对权势与人言的屈服。

除去贾谊，想必还有很多类似的例子。很多人，不理解屈子的离世，不懂得他内心的抑郁愤懑。也有很多人，从此视屈子为精神上的指路明灯，一直追随着他的精神操守，传承着他那忧国忧民爱憎分明的正气。

举世皆浊他独清，众人皆醉他独醒。

屈子离我们远去已有两千多年，但是在他离去后的每一年，都有无数人在默默地吊唁着他，感念着他。他那一身正气，是中华民族精神的精髓，感染了无数后人；他那一曲离骚，是中华民族文化的指路明灯，照亮了无数后人。

在这飘着粽子清香的傍晚，我吹着凉凉的晚风，走在树叶茂盛的城市的绿道中，默默地回想着屈子在世时写下的那些脍炙人口的诗句……

这些诗句，让我的心再次沉静下来，再次领悟何为路漫漫其修远兮。

乡间桃花

三月，温柔美丽，容易生情。

我拿起丁立梅的散文集，读了几篇，顿觉神清气爽。这与方才在公众号读她的最新作品《种花》，感觉大不一样。虽作者是同一个人，但纸书看着精致，养眼，至少没有杂七杂八的广告以及害人的辐射。

我一个字一个字地读着，进入一个又一个的场景。她写乡村的桃花，写得自由散漫。她说，乡村的桃花是野的，是随风吹落生根的。看到这里，我想起了我记忆深处的一棵桃花树。

那是弟弟幼时从山林里拔回一棵桃树苗栽种的。我没有留意种下的时间，也没有观察树苗成长的过程。只知，后来有次从学校回家，眼前突然就多了一树灿烂的桃花。

我望着那一树红花，还有那碧绿的嫩叶，心都要化了。"桃花真是美，太美了！"我在心里默默感叹着。接着，我的视线里出现了公鸡母鸡竞相追逐的画面，它们"咯咯咯"的喧哗声，打破了我内心的宁静。我皱了皱眉，望了望那被鸡群踩得坑坑洼洼的泥巴地，有一种不快的感觉。

那段日子，我读书很用功，总想着有朝一日，能离开那片弥漫着鸡鸭鹅体味的土地，去向一个只弥漫着桃花香的净地静听花开花落。

一树的桃花只开一季，就纷纷落地，化为泥土。等我再回家，迎接我的是一树青青的桃子，依然带着清淡的桃花香。走近桃树，青桃上细细的绒毛看着格外亲切。这一个个小桃子，犹如个个初生的婴儿，嫩嫩的、萌萌的。它们好奇地看着眼前的一切，脸上笑开了花。有谁还记得，之前的那一树灿烂的桃花呢？

再过一个多月，再回家，桃子都熟了。熟透了的桃子，很诱人，也很吸引鸟雀。路过的行人，总爱随手摘一个吃吃。没人的时候，总有鸟雀赶来啄一口。

我站在房间内，望着那棵孤单的桃树，心里有些怅惘。我想，它也是一棵那么美的桃树，能结那么多的果子。若是能生在公园或者果园，该多幸福呀。那样，它就不用天天与鸡鸭鹅为伍，更不用与乡村的泥土地相依了。

后来，家里搞建设，铺水泥地面，就把那棵桃树给砍了。它只活了几个春秋，开了几季花，就永远地离开了这个充满阳光的世界。

我不曾为它悲伤过，只是偶尔惋惜，再也见不到那样美的桃花树了。

再后来，进了大学。大学里有很多很多的桃花树，不过这些桃花，没有乡村的那些桃花那么娇艳。风一吹，就下起了桃花雨。踩在那铺满桃花的水泥路面上，忽然觉得这些花儿有些可怜，竟不能实现化为泥土护花的夙愿。

那时，我曾怀念过我家门前的那棵小桃树。不过，那怀念，并不深，也不浓。

直到我真的远离家乡，极少回去之后，我才惊觉，家乡的那棵桃树，是多么美。我想起，在那棵桃花树开满花的时候，我和童年的小伙伴们一起嬉闹的场景。我想起，在那棵桃树结满果子的时候，我追逐我养的小猫小狗的画面。我想起，在那棵桃树果子被吃完的时候，爷爷依偎在那树旁抽烟吹牛的样子……

一眨眼，过了那么多年。那棵桃花树，早已不在。当年我养的小猫小狗，早已离开了人世。爷爷养的那些鸭子，也早已化为乌有。还有当年爱开玩笑天天乐呵呵的爷爷，而今也已瘫卧病床，神志不清。

桃花树不再开了，青春不再有了，等待我的，或许还有更多更美的桃花树，可我再也无法对它们怀有深情了。

我想念儿时的那棵桃花树，想念那段天真烂漫的岁月。那时，虽然很穷，没有零花钱，没有手机，也没有电视，但是那时候，是真真实实地活着，与天地为伍，与自然相拥……

夜读《向往大海》

  夜里，下着暴雨。我撑着伞，走出校门。门口停着一辆车，车的灯光照耀处，一滴滴雨跳着舞似一朵朵天鹅的透明羽毛在风中摇曳，美极了。我想拿起手机拍下这美丽的瞬间，可是车主已接到了他要接的人，瞬间就将车开走了。

  我再低头看了看雨，在没有灯光的照耀下，雨滴滴在地上，似在匆忙地完成某种使命，它们汇聚在一起，哗哗地流淌着。方才的天鹅绒毛般的纯洁透明，一下子就没有了。

  我望着那辆远去的小车，在满是雨水的地面上慢慢地行走着。

  夜，很寂静，只能听得见雨滴滴在我伞上的声音。雨，越下越大，打湿了我的衣服和头发。

  一阵风吹来，凉凉的。我望了一眼路旁微弱的灯光，似曾相识。遥远的回忆，已如旧梦般远去，徒剩空荡荡的寂寞。

  带着一身的雨水，我回到了住处。

  忙碌片刻，终于可以休息了。

躺在床上，我拿起了前些日子冬歌老师送给我的他的个人文集《向往大海》，慢慢地品读起来。

翻开装帧精美的封面，读完诚挚动人的序言，伴着窗外的蝉鸣蛙叫，我开始了一场新的文字之旅。

读他笔下的母亲，我的眼红了几次。一如曾经读季羡林老师笔下的母亲，心里酸酸的。除了心里酸，除了几行泪，除了记忆里留下的几幅珍贵画面，我不敢赘言。我害怕亵渎，伟大的母亲。在漫卷秋风中，在枫叶飘零时，一回头，便是母亲……

母亲，是世界上最伟大的人。穷苦的母亲，更是不易。她们用尽自己所有的努力，给自己的孩子开辟新的途径。她们甘愿吃这世间最难吃的苦，只为能够换来自己骨肉的幸福。

一个人的幸福背后，总有母亲的牺牲。我们过着幸福的日子的时候，总该想想自己的母亲。冬歌的母亲，受过许多苦许多难，但始终坚强，始终乐观，始终懂得为他人着想。儿子儿媳对她很孝顺，但她不愿去京与儿子同住，只为不打扰孩子的幸福生活。不打扰，是她最深沉的爱。忍着孤独，忍着对孩子的思念，独自在乡间生活着。

冬歌对其母亲的爱，如大海般深沉。

夜幕渐深，我一直惦念着冬歌笔下的母亲。我想，有冬歌这样孝顺又有出息的儿子，她应该还是很幸福的。

我想，这世间还有许许多多如冬歌母亲一样吃过许多苦将孩子养大的母亲。她们当中，有的会被孩子温柔相待，有的可能会被自己的子女嫌弃……

我想起亲眼见过的许多老人被子女嫌弃的画面，内心深处久久不能平静。因为，我无力改变什么，我只能默默地感受着心痛的滋味，祈求自己所受的苦痛能给那些苦难的人带些幸福……

人生在世，不过短短一辈子。这一辈子，我们想做的事情很多，能做到的事情却很少。读了冬歌几篇文，我很羡慕他，也很崇敬他。

他出生于贫苦的乡村，有着烂漫的童年和灿灿的理想。他很幸运，或是因为他很努力，他的理想实现了。他当上了水兵，看到了大海。他第一眼看到梦寐以求许多年的大海时，没有激动地叫喊，也没有高兴地笑，反而是深深地静默着。我想，这大概就是大海给他的震撼吧。他默默地面对着向往已久的大海，一句话也不说，这是他对大海最深沉的爱。因为，大爱才会无言，他是真爱大海的。大海，给了他太多期盼，太多憧憬，他如何能不爱？

读到这里，我合上了书。

紧接着，我吸了一口气，平复了一下自己五味杂陈的心神。

我的脑海里依然不停地浮现着冬歌生活的点点滴滴，那一片大海，那一片森林，那一片"山茶花"……

儿时到中年，我似乎都熟知了，又似乎都不知。我仔细想了想，他最美的时光，依然是青春奋斗时的时光。

那海南岛，那眼镜蛇，那帮他吸蛇毒的陌生老奶奶，似过客，却也是永恒。

我在想，我是因何机缘，能手捧此书，获得心灵的洗礼。

这世间，太多机缘，让人感慨。

一本书，能够读得有此韵味，也实属投缘了。

行文至此，我的心跳依然未能恢复正常。

我突然也很向往大海，向往那意气风发的峥嵘岁月。

只有你最好

在乎的太多，关心的太多，最后却孤独了。

眼泪是只属于你的，不会再轻易掉下，你是我心里永远的依靠。

不会去想得太多太远，只是静静地品味着眼前的一切。

此刻，青春正好，没有风光无限，也没有愁苦满怀，反而充满了寂寞和无聊。

我想念的怀念的，都将是永远的刻骨铭心的，也许从不会对谁提起，却一直是我孤独时候的伴影。

人生中喜怒哀愁一直都在交替变换，即使一直隐忍，一直回避，一直小心翼翼，该发生的一样会发生，该来的一样会来，不如保留最纯真的自己，率真地生活着，烦恼终将会过去，快乐也不可能永恒，我追寻的，不过就是自己所爱的人一切都好。

想要变得伟大，却显得愈加渺小；想要一直渺小，却又会陷入沉沦；想要一直沉沦，却又无法生存，偏偏又那么热爱生活，偏偏还存留那么多欲望，偏偏还爱着那么多人。

自由地放飞心灵的高歌，在宁静的夜空只让自己安静地欣赏，看看自己的追求自己的梦，实现了多少，又丢了多少；想想自己的生活，快乐了多少，又麻木了多少。

幼年的时候，有很多美好的希冀。长大后的自己，是否还是当初的那个自己。幼年的时候，有很多快乐的事情，长大后的岁月，是否依旧那样多彩。

很想一直都简简单单生活着，很想身边有一个可以一直倾诉的人，很想有个人毫无保留地真诚地陪伴着我。而曾经，是有这样一个你的，我现在很想念那个傻傻的你，想念我们一起的点点滴滴，你现在应该还是那样没心没肺地快乐着吧，你从来没有不开心过，或是你从来没有在我面前表现过。没有想到，我们竟分开了，虽然时常联系着，终究不能随时相依，此刻，有一种疯狂的想念，想念的是那个最爱逗我开心的快乐的你，你会知道吗？

那天看了一部电影，想起了我的梦想，惊愕着大学时光只剩一半了，我也终于清醒了一半。然后在图书馆借了两本书，一本是情节吸引人的，一本是语言动人的。情节吸引人的那本书被很多人都看了，甚至翻烂了；文字动人的那本书也被很多人看了，只是依旧保持着完好的面容，里面依稀还有一些铅笔画的记号。两本书，两种书，都是别人的成果，都是别人的成功，有的成功可以给予我们经验和借鉴，有的却只能当作消磨时间的工具，于我们无多大意义，很期待能找到一些既有情节又有美感和思想的书来看看。

一个优秀的作家的文字是没有矫揉和拼凑的成分的，对文字的调用也总能在不经意之处给人惊喜，让人眼前闪光。昨天一口气看完了蒋方舟的小说《彩虹骑士》，很平庸的情节，却是将我完全带进去了，只字未跳地看完了，我很诧异，这应该是在大学看的最纯洁的一部小说吧，浮躁的我很久都没有品味过文字了，只是这部小说，重新唤起了我对文字的好感，原来，它可以这样美。在我快要遗忘它们的时候，它们又闯入了我茫茫无知的生活中。

　　最初爱的东西，也许就是有这样一种魔力，沾上了，就再也离不开。在我开心的时候，我会有诗意的冲动；当我失落的时候，我会有落魄的感悟；当我生存着，我就有爱你的念头。

　　仔细想想，自己依旧是记忆初有时的那个小孩，而已。再怎么成长，再怎么经历，依旧是最初的那个自己。依旧是那样迷恋你，只有你最好，我可以随意摆弄，也能一直为你着迷。

温暖的作者

温暖的作者，他的文字里像注射了和煦的阳光，温暖、静穆、不耀眼，让人读着也跟着如沐暖阳。

张嘉佳是一个温暖的作者，他的文字如一泓暖暖的春水，深情、安静，在无人的时候，也会独自浅唱低吟几句。如深山的幽兰，悄悄地绽放，在无人的时候，悄悄地迎风而舞。不需要观众，自我感觉愉悦就好。

知道张嘉佳，是在两年前。两年前，我初来一个陌生的城市实习。挫折颇多，在我生日那天，陪我一起来实习的大学同学，送了一本张嘉佳的《从你的全世界路过》给我。朋友用漂亮的字体给我写了生日祝福，我满心欢喜。与其冠冕堂皇说忙没有看，不如说自己心太浮躁静不下来，这本书我一直珍藏着，却从未翻开过。实习完毕，我将这本书连同一些行李寄回了老家。大学的最后半年，我又将这本书带到了大学宿舍。大学明明闲得很，可越是闲，我越懒散。有很多想看的书，有时间，也并未看。大学毕业时，行李寄了一次又一次，最终，将朋友送的这本书漏寄了。而我，即将踏入社会，要出去面试、找工作，没办法随身携带那么多书。于是，这本书，连同我的其他几本书，被我送给了大学的另一位同学。那位同学，后来曾在电话里谢过我。自那以后，几乎没有再联系了。如今，我已经毕业一年多了，不知那位得到那本书的同学，有没有仔细翻阅一下，有没有被那暖暖的文字感动过。说来也怪，我有很多没有看过的书，大都放在老家或者转赠他人了。唯独张嘉佳这本书，我一直惦记着没有看，也一直记着它的去处。虽然我不会再次得到它，却一直期待它能被温柔对待。因为，这本书是我的生日礼物，是一位朋友根据我的喜好精心挑选的礼物。我很珍惜这份情谊，也很后悔没有好好珍藏这本书。最近，《从你的全世界路过》这部电影上映，我第一时间去看了，再次被其中的各种温暖深深打动。里面的台词很美，里面的故事很温暖。然后，深深地后悔，当初没有好好品读这本书，总感觉，自己错过了某些更深的暖。

最近，又获赠一本书，名为《我想和你在一起》。初看书名，感觉有些肤浅，很不以为然。但书的封面上赫然写了张嘉佳的名字，很快明白这部书是他的朋友卢思浩主编的。当时我的第一感觉就是，这个卢思浩在借助张嘉佳的名气炒作自己的新书。不过我很期待看到张嘉佳的短篇抒情散文，所以哪怕是炒作，为了瞅一眼自己喜欢的作者的文字，我甘愿怀着虔诚的心仔细品尝。

一口气读了大半本书后，几乎没有看到张嘉佳的作品，只是在卢思浩洋洋洒洒的零星述说中，瞥见了张嘉佳的几抹影子。影子中的张嘉佳，说了几句诗意入骨的话。而卢思浩呢，则是坐在张嘉佳旁，或深思或浅笑，书中没有说，我忍不住不停想象，想象着张嘉佳身边的朋友究竟是怎样的，他是很温暖，还是很高冷，还是很媚俗呢？

好奇心有着神奇的力量，不知不觉我就读完了卢思浩写的这本书的所有内容，竟然发现卢思浩的文字更细腻、更温暖、更超逸。这世上竟然还有如此温暖的男孩，这男孩的文字竟能如晨曦的微光铺洒在宁静的水面上，点点滴滴，都是温和的亮光。一直在追寻温暖的人温暖的文字的我，飞快地关注了卢思浩的微博。他的微博更新得很频繁，记录着他日常的点点滴滴，记录最多的是他与读者们交流见面的所观所感。我们都懂，一个温暖的人是希望将温暖带给每一个人的，一个温暖的作者是渴望将自己的灵魂深处展露给喜爱自己的读者的。

作为一个年轻的作者，作为一个曾经独自打拼独自奋斗的年轻作者，他是幸运的，也是不容易的。他也曾在面试中受到许多挫折，也曾一个人在寂寞的黑夜里独自敲打着键盘，不过是为了一种信仰，对真理的信仰。我极为欣赏他阳光温暖的笑容与文字，也极为信仰他的信仰。

作为一个已经小有名气的作者，他依然保持着最初的淳朴。有个读者，为了奔赴他的读者交流会，请假奔赴了很远的路，跋山涉水，却不知那次见面会被临时取消了。那个读者很难过，卢思浩知道后，用纯真的心温暖的话，安慰了那个读者，并说，不要读者来找他见面，他会尽可能奔赴每个城市，与亲爱的读者朋友会面。

他不仅仅是说了，更是每一天都在为这份承诺努力着。在他的微博里，可以看见他为此付出的点点滴滴。他很年轻，笑容总是很灿烂，仿佛不曾历经沧桑。他不吝啬自己的才华与阅历，也不培养自己的浮躁与骄傲，他总是那样平易近人地微笑着，就像他的文字，没有一丝愁苦，不染一丝尘埃，只有珍珠般细腻委婉的温柔话语，如春夜的暖风，轻轻悄悄地流入耳畔，让人情不自禁就带着微笑醉了。读着他的文字，我的心跟着变温柔了，犹如游荡在一湖碧绿的水波中，心旷神怡。合上书本，依然意犹未尽。总觉得，还有些挂牵，还有些不舍。这或许是那些温暖的余温吧。

我脑海里还住着一个极为温暖的人，他不是作家，是一个歌手，一个自己作词自己编曲自己唱的歌手。这位歌手，给人感觉很有距离感，甚至有些冷漠。我在微博私信里连续几年给他发了很多私信，他从不曾

191

有回复，但我坚信他是一个温暖无比的人。从他创作的《拆东墙》中，我体味到了他对普通劳苦民众难以言说的真切的爱，而且MV中有个他眼角噙着泪水的画面，那是为劳苦人民而滴下的无助泪水。我想，用他自己创作的"热情没及格，真性情得高分"来形容他最合适不过了吧。他外表冰冷，内心却如冬日的暖阳，想竭尽全力温暖世界的每一个角落，最终还要为着自己的能力有限而偷偷在严寒中啜泣。

温暖的人，多么可爱，多么可敬。他们无须言语，只是一个眼神、一个动作，便能融化无数人间坚冰。我一直追寻着心灵的温暖，也渴望自己有一个充满暖意的灵魂，能够温暖自己，温暖自己周围的人。

这个世界很大，人很多，却很空，也很冷。我最怕人与人在一起，沉默不语，想说什么却不知如何开口。我最爱人与人在一起，无须言语，只是一个微笑，彼此都能愉悦很久。

而今，秋意渐浓，天气转寒，每当寒冷侵蚀肌肤的时候，微微觉察到寒冷的灵魂便格外渴望温暖。在觉得冷的时候，就会想起一些温暖的人，温暖的事。说来悲催，这些温暖似乎总是在荧屏上或者书上，或者在他人的传闻里。自己的经历中，倒是挺罕见的。这也许是因为现实冷漠，温暖难见吧。也或许是因为我缺乏一颗温暖的心，不太懂得寻觅生活中隐隐约约的薄弱的温暖吧。

窗外秋风萧瑟，我独自在家，敲着渴望温暖的心绪。

不知不觉，天已经漆黑。

有点冷，我需要寻觅温暖，需要从那些温暖的人身上，汲取一些精神上的阳光。

但愿，这个世界能再多些温暖的人，多些温暖的光，少点凄凉，少点无助的泪水。

多想，每个人都能幻化作温暖的人。

因为，温暖的人，拥有一颗温暖的心。这温暖，能融化所有的不温暖。

谁和你一起变老

今天看了一篇文章，文章里写着，整个世界就是一封情书。

曾有段时间，特别期待爱情，也对情书充满好奇。不停地幻想着爱情的千百般模样。

那些日子，碧绿、青涩、无关风月、风轻云淡，像梦一般轻柔地溜走了，再也回不去。也像梦一样朦胧地披上了一层岁月的薄纱，永远无法再如当初那般清晰。

写情书的那种心跳，收情书的那种喜悦，都是年少的痴狂。谈不上值不值，也说不上对不对。世上有千百种爱情，也有千万种表达爱的方式。有的爱情，如磐石般历经风雨，见证着每一分每一秒的彼此呼吸；有的爱情，如流星般瞬间滑落，留下了刻骨铭心的印记。不管年少时的爱情有着怎样的结果，我想，都应该尊重并微笑对待。时光不会再现，年幼时的选择与判断，是自己的过去，是人生的一部分，美好与否，都是独一无二的。未来的路，无论风雨，总有一个人，会牵着你的手，陪着你一起走过。

我幻想过的爱情，是不食人间烟火，无关红尘是非，逍遥自在的。为了这样一个期盼，曾为爱痴傻过，深深地被伤过。当真的爱情到来的时候，心里已经对爱情没了蓝图。只想着，能走到最后，一起慢慢变老就好。这样的想法，似乎很自私，却是内心无助的展现。

总觉得，人生经不起折腾，也不愿折腾。所以，我不喜欢变换生活方式，更不喜欢换身边的人。然而，爱情是两个不同的人组成的。两个人，难得能想法一致。若能读懂彼此，并能互相迁就，那才可能天长地久。有时候，也觉得为了对方隐忍自己的脾气，不像是爱情。可又不忍看到对方因为自己的某些无理的脾气而受伤。不愿伤害任何人，何况是对自己好的人。我想，那个愿意陪我慢慢变老的人，也一样，不忍随意因为自己的个性而让我心烦吧。

学生时代的爱情，总是轰轰烈烈，一点点小的矛盾就闹得天翻地覆，让彼此都痛不欲生。有的爱情花朵熬过来了，有的则中途凋谢了。这便是年轻的我们的经历。一旦离开了单纯的校园，身边没了同窗好友，没了室友，才会发现生活中，自己有多孤单，多无助。受伤时，若有爱的人陪伴着，那是无比温暖的。若是一个人，人生又不知要增添几丝愁闷。

前几日，因为一些烦心事，我惆怅太深，一不小心就被感冒病毒钻了空隙，身体极为不舒服，而心里的烦心事，并未减少，感觉不堪愁苦，觉得人生渺无希望，怎么努力，都敌不过命运给的枷锁。曾想放弃，浪迹一生。陪伴自己多年的他看出了我的不对劲后，一直为我担忧着，不停地询问，不停地鼓励。他不知道，我对他说的都是谎言。心底的烦心事，是对谁都说不清的。我说的，不过是某种搪塞。可即使是搪塞，他也认真地安慰着。

在这秋风微凉的季节，在这没有落日的冷清傍晚，我微微有些头晕，他想带我出去吃东西。我说没有胃口，什么也吃不下。他不依，坚持说必须得吃点东西。于是，转身便去厨房了。此刻，我在弥漫着油烟味的空气中，一点点地敲着心底的话语。我不知可以对谁说，也不想对谁说。

我知道，没人会去聆听，也没人能真懂，就像我谁也不懂一样。我连自己都不懂，更不懂爱情是什么。

不过，我看了许多跟爱情有关的文字，也见证了生活中的许多爱情。断定，人生离不开爱情。生活，就是一连串的文字，在等着你挑拣，谱写着自己独一无二的爱情篇章。不管爱情有没有降临到身边，它都存在于心间。不管爱情最后有没有给你带来温暖与幸福，它都是人生中挥之不去的陪伴。

现实里的爱情，鲜少是轰轰烈烈，得到众人的祝福的。最好的爱情，都是开始于细枝末节的感动，再慢慢地在风雨中盛开的。

父母那一辈人，很少是因为爱情而结婚的，但他们大多数都能相守一生。大张旗鼓打着真爱旗号在一起的年轻一辈们，他们的爱多数都散落了。我想，不能相守一生不是因为爱得不够真，而是还不太明白爱情是什么吧。总把爱情想得过于完美，总期待爱情里时刻有新鲜与惊喜，那是人间无人能及的。是人就有弱点，有缺点，若不能彼此包容，彼此体谅，又怎能经历岁月的风雨，一起走到白发苍苍的夕阳余晖处呢？

每一份爱情，都是来之不易的。都需要珍惜，才可以长久。然而，就像很多人明知道粮食来之不易却不珍惜一样，爱情来得再不易一旦得到就会忘了珍惜。等到失去了，又会迷惘惆怅。这也是人的弱点与污点，不能期望每一份爱情都画上完美的句号，却期盼每一份纯洁的爱情都是两个人的故事，莫要被过多地打扰。

如果整个世界是一封情书，那我们每个人都是这封情书里的某个字符。在爱情面前，我们都是渺小的，也都是一样的。它没有多神圣，也没有多难得。它只是很难把握，需要我们付出全部的专注与虔诚，用心地对待，用心地把握。

能够和你一起变老的人，不论你觉得这是不是爱情，它都是属于你们的独一无二的爱情。

"读书好，多读书，读好书"

"读书好，多读书，读好书"是冰心读了一辈子的书，写了一辈子的文章，偶然得出的感悟。

短短的九个字，我反反复复地读着，品着。越读越觉得有道理，越读越觉得有韵味。

"读书好"这几个字，在20世纪一直都是非常流行非常深入人心的话语。那时候，读书是整个社会上公认的最好的出路，也是人们眼里心里最高雅最幸福的事情之一。

可惜的是，那时候，整个社会还处于不富裕时期，很多人都没有什么闲钱能买书。我就是活生生的一个例子，在我最渴望读书，对书最有兴趣的时候，我却没有钱买书。庆幸的是，那时候有很多同学有书，我可以借书看。不过，借书，总有一种窃读的感觉。那感觉，就像借钱买东西一样，内心总带着些许遗憾与不安。让我疑惑的是，在那个人人都崇尚读书的年代，许多有书的人却不爱读书，许多爱读书的人却没书读，最终，只有那一少部分既有书读又爱读书的人能够成为时代的宠儿，能够最终走进书的世界，与书同行，在书中体味人间百味。最幸运的，莫过于那些因为爱读书而成了作家的人，他们读了许多书，还能写许多书。他们既在书中找到了精神的慰藉，又能创造出新的作品为他人提供精神养料。说得俗气一点，就是他们能够用自己的兴趣爱好养活自己，可以一辈子与自己的爱好紧紧相依。这是多么幸福啊！你看冰心，一辈子可以说是一直都与书相依相伴。她89岁的时候都还在写读书回忆录，腿疾不能出门后，她调侃道，"不能行万里路，那就在家好好读书吧！"她也确实做到了，一位八九十岁的老人，天天坚持看书，坚持写作，这一定不是有什么目的，而是因为书确实很有魅力，确实很有感染力，能够让人一旦沉迷其中，就不能自已。

爱读书的人，往往一拿起书，就会马上沉醉在书中的世界，忘了周遭的一切。史铁生在他双腿不能动弹后，就是靠看书来摆脱自己内心的苦闷的。试想，如果没有书，史铁生在遭受双腿瘫痪的巨大打击后，该如何寻求精神的寄托，打发那些痛苦的时光呢？这时候，我想，只有书，只有文字，才能让他暂忘生活中的困苦，将他带入缤纷的文字世界，为他疗伤，给他带来精神上的幸福。因为看书看得久，看得多，看得深，他最终成了一位著名的作家，既养活了自己，又寻觅到了自己。双腿的残疾，又有何惧呢？

读书的好处实在太多，远远不止我说的这两个例子。要想多总结读书的好处，要想将读书的好处总结得人人信服，那就只有多读书了。

多读书的好处，自然也是无穷无尽的。每个人，都希望自己能够多读书，都渴望自己的脑海里不断地涌入新的知识。然而，我们的社会发展得越来越快，市面上的书籍也是五花八门，各种各样的，应有尽有。很多人，一进书店，就有一种"乱花渐入迷人眼"的错觉，不知该如何下手，不知该看哪些书。冰心也曾有过同样的迷惘，眼前的书多了，该读哪些呢？当她的阅读达到了一定的水平后，她的这些迷茫瞬间就消失得无影无踪了。这时，她得出了一个新的感悟，那就是，"人怕比，物怕比，书也怕比，不比不知道，一比吓一跳！"她说，她读了许多书后，就慢慢学会了比较，学会了挑选。她读了人物个性鲜明的《水浒传》后，就无心读索然无味的《荡寇志》了。学会挑选好书的过程，其实就是成长的过程。无论做什么事，只要我们坚持得久了，就会领悟到一些要领，就会产生辨别好坏的能力。读书也一样，读书读得多了，自然也会对比，也会挑选了。当我们达到了能够辨别好坏书的境界，并坚持看好书，那么，我们的精神世界才会变得越来越充实，我们的心灵，也才会变得更加澄澈，更加明亮。尤其是作家，看的好书越多，写出来的作品才会越好，才会越有营养，才更能引起读者读书的兴趣。

关于读书，许多人都发表过自己的见解。不过，我最喜欢的就是冰心的这九个字了。我认为，无论多么华美的辞藻，都不如这九个字来得真切！

恨不相逢未剃时

民国风云一时的大商人苏杰生在日本与若子结下一段情缘，并许给她一个富贵的未来。可是，当若子怀孕了，他却畏惧妻子的威严，不敢将若子带回中国。若子生下儿子苏曼殊后，含着羞愤在一个月夜消失，从此音讯全无。

苏杰生将若子的姐姐何合仙带回了中国的老家，让她照顾幼小的苏曼殊。苏杰生的妻子陈氏是一个尖酸刻薄强势的女人，她对何合仙极其怨恨，将她安身在一间偏僻的小屋中。何合仙忍着各种生活和精神上的艰辛与折磨，潜心地养育着曼殊。小曼殊在苏家是很不受欢迎的，被称为野种。他的童年没有任何乐趣，和他一起的小伙伴们总会嘲笑他，欺负他，每次受到委屈，他都会跑到何合仙，他眼里的妈妈的怀里。每当这时，何合仙总会用尽所有的温柔来安慰着这颗受伤的心灵。

曼殊12岁那年，何合仙回日本了。当他发现母亲悄无声息地离去的时候，他都快要崩溃了。他知道，在这样一个冷血的家庭，他不会再感受到一点温暖的。果然，他生病了。没有人来照顾他，陈氏直接大声对下人宣布，将他关在那间破房子里，任其自生自灭，早点死了早了却一桩麻烦。

带着极大的悲酸，小曼殊来到佛门净地，选择出家了。然而，他红尘情未了，眼眸含情，时常会流泪。一天，他偷吃鸽子肉被发现了，遂被逐出佛门。无依无靠的他收到了母亲何合仙的来信，母亲在离开他的这几年，对他无比思念。于是，几经辗转，曼殊来到了日本母亲的家乡樱山村。在这里，民风淳朴，大家都热情地欢迎着曼殊的到来。母亲对于这一重逢更是欣喜无比，大设宴席为他接风。

宴席上，美丽的日本姑娘菊子为大家翩翩起舞，博得了所有人的称赞。在那一时刻，曼殊才第一次感受到了人间的温暖与快乐，才感觉到生命的价值。童年的悲惨孤苦，佛门的青灯古钟，都不是他所向往的人生。这里，才是他心中的世外桃源。

在樱山村待了几日，曼殊觉得有些无聊，母亲便让他去后院摘菊花卖。曼殊不胜欢乐。他的菊花总是卖得很快。一日卖完花，曼殊在小河边洗着脚。突然看见水中多了一双白皙柔美的脚，原来是菊子来了。和菊子的一番小小的交流，曼殊的心中充满了甜蜜与幸福。在分别的时候，他将自己留下的一束菊花送给了菊子，菊子回给他一个大大的甜甜的少女的幸福的微笑，曼殊觉得那微笑是他见过最美的风景了。

自那以后，菊子每天都会在曼殊卖完花的傍晚和曼殊相遇。而曼殊，每天都会留一束菊花，在分别的时候送给菊子。爱情的种子在这个恬静的小山村火速地成长着，不久村里的所有人都看出了端倪，在曼殊剩下最后一束花的时候，总有人打趣地问他你这花还卖不卖呀？

一日两人相约一个山崖上。曼殊笑问对面是何山。菊子眼神黯然地答道，那是望夫崖。曼殊听了，一种不祥的预感急速地盘旋在心头。佛寺里的古钟声也在心中回荡着。童年惨淡的一幕幕重现脑海。这些心酸的过去他从未对心爱的菊子讲过，就如他的母亲何合仙从未对他讲过他生母若子的故事。

那夜回到家中，曼殊便对母亲说他要娶菊子为妻。母亲犹豫了片刻，便欣喜地答应了。两人的爱恋大家都有目共睹，唯有曼殊是中国人，那时中日矛盾太过尖锐，使得大家都有所顾虑。但是何合仙为了儿子，很快便去菊子家提亲了。菊子的父亲对曼殊也挺欣赏的，于是也答应了。

两个人很快订婚了。订婚后两个人的相见便拘于礼俗少了不少，但还是会经常偷偷地见着面。

那时曼殊的父亲已经离世，只好通知陈氏前来做证婚人。

不消几日，陈氏便带着一大帮子人风风火火地赶来。她傲慢地辱骂着曼殊，说他一个野种就会干这种丧尽颜面的事情，娶一个日本的艺妓。曼殊果断地回答道菊子当初是因为母亲去世家里急需要钱才去当艺妓的，那不能怨她，她也并未做任何出格的事情。陈氏看见昔日卑怯的曼殊竟然这样反驳她，心中更是火冒三丈。但这不是她的地盘，她斗了几句后便领着那帮人离去了。在她跨出曼殊家门的时候，她的一个随从偷偷回过头向曼殊竖起了大拇指。

陈氏当然不肯轻易罢休，她来到了菊子家。大骂菊子的老父亲，说他家攀龙附凤，说他家的女儿不配嫁进他们苏家。菊子的父亲是一个憨厚的农民，对于眼前这个穿着华丽旗袍的中国女人说不出任何话语。他纯洁的心灵受到冲击，家里的喜悦气氛也瞬间消失。陈氏嚣张地讽刺着这个老实善良的人，然后得意地离去。

那一天，曼殊收到菊子的来信。菊子约他午夜时分老地方相见。曼殊不敢怠慢，准时赶到那个山崖。却看见山崖附近，一群人都在呼喊着菊子的名字。曼殊在一条溪流中看见了菊子的丝巾。继而，人们找到了菊子的遗体。

一个美丽的姑娘就这样香消玉殒了。曼殊的心碎了。他看着菊子的遗书，看着她说的"今生无缘，来生再会"，万念俱灰。

  情殇过后的曼殊，投身革命，结识了大批先进革命分子。孤独寂寞时，频繁地青楼饮酒作乐，身体受到不少损害。

  在一个小型音乐会上，曼殊认识了弹筝女百助。很快，百助向曼殊求爱。那时，距离菊子离世已有10余年了。曼殊对菊子依旧深深爱恋着，拒绝了百助的求爱，回以："鸟舍凌波肌似雪，亲持红叶索题诗。还卿一钵无情泪，恨不相逢未剃时。"

  1918年5月2日下午4时，曼殊因病逝世，留下八个字："一切有情，都无挂碍"。汪精卫为其料理后事，孙中山出资为其在西湖孤山之阴修建了曼殊之墓，与秋瑾墓隔水相望。

  一个伟大的佛学家，一个多情的才子，一个革命者的一生，竟是这样凄凉！